UN PRÉFET LANGUEDOC

VICTOR NADAL

E. Bernard, Imprimeur-Éditeur, Paris.

Un Cadet de Languedoc

Par Victor Nadal

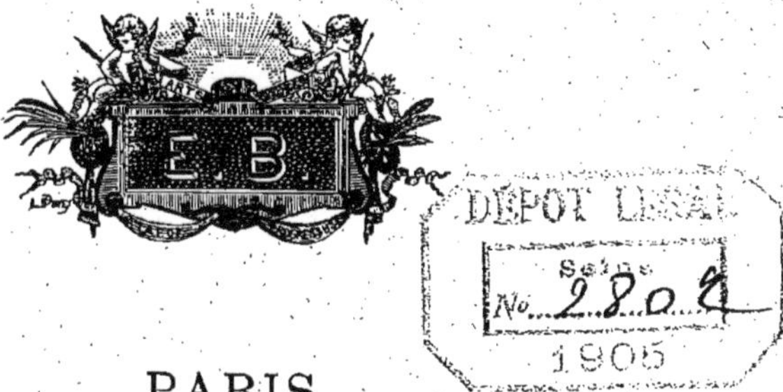

PARIS

E. BERNARD, IMPRIMEUR-ÉDITEUR

29, Quai des Grands-Augustins, 29

Droits de Traduction et de Reproduction réservés

Un Cadet de Languedoc

I

Il faut qu'on sache bien que le Languedoc, au point de vue de l'originalité, de l'héroïsme et même du caractère tragi-comique de ses enfants, n'est pas inférieur à la Gascogne, patrie du d'Artagnan dont tout le monde connaît les aventures merveilleuses.

D'ailleurs, pour illustrer une province, il suffit d'un homme, qui n'a pas toujours existé !

Alexandre Dumas nous a fourni les types véritablement épiques de ses mousquetaires, et, parmi les soldats-gentilshommes dont il nous a conté la vie romanesque, où la bravoure et l'amour tiennent la plus large place, il a mis en pleine lumière un Gascon de derrière les fagots, courageux et subtil, fin comme l'ambre et provocant comme une épée.

Or, ils ne sont pas nombreux, les lecteurs qui savent que le fameux d'Artagnan fût longtemps officier de la maréchaussée, quelque chose comme un capitaine de la gendarmerie actuelle.

Depuis qu'on a dévoré les pages vibrantes de l'auteur des *Trois mousquetaires*, on s'imagine à tort que la Gascogne a le monopole des cadets.

Telle est l'erreur où nous plonge, par la force de son génie, le Balzac du peuple Gaulois.

Si quelqu'un pouvait nous démontrer aussi victorieusement l'influence des grands littérateurs sur l'opinion publique, c'est bien Frédéric Mistral, le triomphant poète de *Mireille*.

Depuis que ce noble fils de la Provence nous a si profondément charmés par le déploiement des couleurs de sa magnifique palette, c'est sa province bien-aimée qui représente à nos yeux toutes les splendeurs du Midi.

On dirait vraiment que Bordeaux, la ville qui nous verse tant de vins généreux, n'existe que dans l'imagination des buveurs.

On dirait que Toulouse, la cité qui compte plus de bacheliers que la Salamanque de Don Quichotte, est à cent lieues au delà de Dunkerque et que, dans sa course quotidienne, dans son abondante distribution de rayons d'or, le soleil fait fi du Capitole.

Et pourtant le Midi s'étend du Golfe de Gascogne à la Côte d'Azur et il a sur les Bouches-du-Rhône et les pays qui les avoisinent l'avantage de ne pas connaître, de Montpellier à Biarritz, le désolant mistral qui fait que les bœufs de la Camargue tremblent éternellement pour leurs cornes.

Oui, grâce à *Mireille*, que tout le monde a lue, grâce au talent des émules du Virgile Provençal, à Roumainville et à Aubanel, l'esprit public a été faussé.

Le soleil lui-même a été calomnié ! Il faut donc qu'on sache bien qu'à Albi, à Cahors, à Agen et à Montauban, on reçoit son ardente visite et qu'on est forcé d'y faire la sieste quand les mois de Juillet et d'Août font assaut de chaleur et de sécheresse.

Ceci pour bien établir qu'on a vainement essayé de circonscrire le Midi et qu'on s'est attaché à faire prendre la partie pour le tout, sophisme qui peut tromper des gens du Nord mais qui fait sourire les Bordelais et les Toulousains.

On nous pardonnera ces réflexions, assez brèves pour nous valoir la reconnaissance du lecteur et, pour la mériter tout entière, nous nous empressons d'aborder notre sujet.

A cinq kilomètres d'Albi, vieille ville moyen-âgeuse que domine une cathédrale unique, moitié église, moitié forteresse, dont la solidité des constructions fait songer à l'éternelle résistance des bâtiments romains et dont l'ornementation intérieure provoque une admiration sans bornes pour les artistes inconnus qui collaborèrent à cette œuvre colossal, le touriste s'arrête toujours devant les ruines imposantes d'un château féodal, le château de Montastruc.

Une tour de soixante-cinq mètres de haut, a seule résisté aux outrages du temps.

Le manoir disparu, quelques vignes phylloxérées jusqu'à la moëlle des ceps, produisent des raisins suspects qui n'ont plus que quelques gouttes de vin dans leurs grappes déchues. De ce château fameux, il ne reste donc que le donjon et les caves.

Dans le pays, on dit « les souterrains » et cette expression ne manque pas d'un certain mystère, entretenu dans l'imagination populaire par l'existence d'anneaux de fer, solidement rivés aux murs, et qui passent pour avoir retenu, jusqu'à ce que mort s'ensuive, les malheureux prisonniers que les hasards et les férocités de la lutte avaient mis à la merci des seigneurs du lieu.

A la fin du dix-huitième siècle, époque où commence notre histoire, le château de Montastruc résistait sans grand succès à son seul ennemi, le temps.

Il appartenait à la comtesse de ce nom, veuve depuis de nombreuses années et mère de deux enfants, le comte François-Victor, âgé de vingt-cinq ans et Marie-Louise, sa sœur, qui atteignait à peine la vingtième année.

Le temps des splendeurs était passé pour cette illustre famille Languedocienne qui avait compté, parmi les siens, deux maréchaux de France, un argentier du roi Henri IV, un favori de François Ier, et beaucoup plus tard, des conseillers au Parlement.

Tant de gloire n'avait pas laissé d'argent. On possédait un château historique qui se délabrait avec la persévérance des choses et menaçait de s'écrouler sur la tête orgueilleuse de ses héritiers, et c'était tout.

Les paysans avaient quitté ce coin de terre où ils n'auraient pu, avant de suffire aux exigences de leur vie matérielle, qu'empêcher leurs maîtres de mourir de faim, et ceux-ci vivaient de gibier, ce qui devient à la longue très fatigant pour les meilleurs estomacs.

Pendant l'hiver, cette suprême ressource manquait.

Les lièvres, les lapins et les perdreaux se dérobaient, insensibles à l'honneur de nourrir une noble lignée.

On ne peut décemment pas demander à des bêtes de poil ou de plume de se dévouer en toute saison.

Alors, la vie au château de Montastruc était singulièrement dure et, dans les immenses salles, toute une famille errait, entourée de gens faméliques que le dévouement n'engraissait pas.

C'est pendant ces jours d'abstinence que le jeune comte François-Victor de Montastruc, notre cadet de Languedoc, eut une idée lumineuse.

Un soir de novembre, après un maigre souper, tandis que s'éteignait la conversation familiale, — rien n'éteint une conversation comme le souci du lendemain, il s'approcha de la vieille comtesse, sa mère, et s'agenouilla devant elle.

Il lui prit les mains et lui dit :

— Mère, chère mère, j'ai depuis quelque temps un projet que je mettrai à exécution sans retard si vous me faites la grâce de ne point vous y opposer.

— Parlez mon fils, répondit la comtesse. Si votre projet est raisonnable, j'y souscris d'avance.

Marie-Louise, qui feuilletait un vieux livre, leva la tête, surprise du ton grave qu'avait pris son frère.

— Voici, mère : je sens que nous ne pouvons plus tenir le rang que nous assignait le nom de nos ancêtres. Comme chef de ce nom et de nos armes, je devrais avoir une situation prépondérante dans notre province, une de ces charges qui continuent l'illustration de la race et qui lui permettent de faire bonne figure en toute occasion. Il n'en est rien. Nous en sommes donc réduits à une épouvantable misère qui ne peut que croître avec le temps. Il n'y a qu'un seul moyen d'en terminer avec cette vie de privations dont je souffre beaucoup plus pour vous et ma sœur que pour moi. La fortune est à Paris, à la cour. Le roi ou son puissant entourage peuvent seuls nous sauver. Notre nom est inscrit sur les plus belles pages de l'histoire de France. Si on ne s'en souvenait pas en haut lieu, il faudrait désespérer de tout. Moi, j'ai vingt-cinq ans et je ne désespère de rien. Je voudrais donc partir d'ici, mère, mais avec votre bénédiction.

La comtesse de Montastruc embrassa son fils. Elle ne put cacher ses larmes à la pensée d'une si douloureuse séparation, mais elle se soumit au destin, avec cette résignation si facile à ceux dont tous les espoirs s'envolent à tire-d'aile.

Marie-Louise vint nouer ses bras autour du cou de son frère.

La nuit suivante, on dormit fort peu au château : l'événement inattendu qui venait troubler l'existence de la famille avait interrompu le sommeil.

Deux femmes allaient rester seules, attendant, bien longtemps peut-être, qu'une rassurante nouvelle vînt adoucir l'ennui et les faire patienter jusqu'au retour du cher absent.

Si l'on n'en jugeait que par l'attendrissante scène que provoqua l'exposition du projet du jeune comte, on pourrait croire que la pensée qui l'avait inspiré était généreuse et toute chevaleresque.

Certes, François de Montastruc adorait sa mère et sa sœur, mais son caractère Languedocien, insouciant et hâbleur, jurait avec les beaux sentiments qu'il avait exprimés.

Il allait partir et, comme il avait plus d'esprit que de raison, il serait certainement au-dessous des grands devoirs qu'il paraissait vouloir s'imposer.

Que de gens qui pensent bien et qui agissent mal ! Qu'importent les bonnes intentions quand la volonté ne les dirige pas !

Donc, le comte François-Victor de Montastruc avait décidé d'aller chercher fortune à Paris.

Pour partir et parer aux premiers frais de son séjour, il lui fallait de l'argent.

Au château paternel, on n'en connaissait plus la couleur.

Il fallut recourir aux expédients. La comtesse était sœur d'une supérieure d'un couvent d'Augustines, situé dans le voisinage.

Elle s'y rendit en toute hâte et confia la triste situation à la seule personne qui pouvait y remédier.

Elle revint du monastère avec cinq cents livres et les remit à son fils, toute heureuse de lui faciliter les premiers pas dans la vie.

Le jeune comte n'accepta que la moitié de la somme et la pauvre mère pleura de joie devant un tel sacrifice.

François de Montastruc n'avait jamais possédé autant d'argent. Les deux cent cinquante livres qui lui restaient lui paraissaient devoir être inépuisables.

L'avenir devait se charger de lui prouver le contraire.

Passons sur la scène des adieux : nous aurions trop à faire à compter les larmes qui furent répandues.

Le plus court chemin pour se rendre à Paris n'était pas, contrairement à l'affirmation des géomètres, de suivre la ligne droite.

Il fallait se rendre d'abord à Toulouse d'où partait la diligence.

Le jeune voyageur arriva dans cette brillante cité un beau jour de juillet.

Il descendit à l'*Auberge des Capucins*, ainsi nommée parce qu'elle avait été construite sur les ruines d'un couvent de cet ordre.

L'aubergiste s'appelait Thomas Alibert : il était considéré comme un excellent cuisinier, ce dont son hôte s'aperçut bientôt avec la plus expansive satisfaction.

Thomas Alibert avait une servante nommé Catherine et douée d'une merveilleuse beauté : mais le brave hôtelier avait des principes et, pour n'être pas accusé d'attirer les clients avec l'appât d'une superbe fille, il la fit marier avec le conducteur de la diligence qui faisait tous les mois le trajet de Toulouse à Paris.

Catherine était donc toute semblable à ces pauvres femmes de marins qui vont gagner leur vie au large.

Elle différait de ces victimes du mariage par l'indifférence qu'elle témoignait à son mari et les préférences désordonnées dont elle comblait tous les jolis garçons que le hasard amenait à l'auberge.

Avant le départ de la diligence, François de Montastruc avait trois jours pleins à passer à Toulouse.

Dès qu'il eut aperçu la belle servante, il se soucia fort peu de visiter la grande ville méridionale, son Capitole et ses magnifiques églises où abondent les œuvres d'art.

Il alla pourtant admirer les flots ordinairement très paisibles de la Garonne, ce fleuve célèbre par la splendeur de ses rives où tant de châteaux s'élèvent, manoirs historiques qui abritèrent tant de héros.

Mais il ne consacra que quelques heures à la visite du cours d'eau fameux par tant d'amusants récits ou de merveilleuses légendes.

Il n'avait que vingt-cinq ans et, à cet âge, le plus beau spectacle est encore celui de deux beaux yeux noirs qui ne vous sont pas trop cruels.

Catherine, malgré l'anneau conjugal que l'austérité de son patron avait mis à son doigt, ne pouvait contempler un bel homme sans en être immédiatement éprise.

François de Montastruc était grand et fort, avec un regard très doux et cette politesse native qui distinguera de tout temps les gentilshommes des conducteurs de diligence.

Pourtant, le moment était mal choisi pour entamer une conversation coupable.

Joseph Vernaudin, le mari de Catherine, passait.

huit jours à peine au foyer, et, s'il avait été absolument le maître dans son intérieur, sa femme n'aurait pas eu une minute à elle pour servir les clients.

Or, la jolie madame Vernaudin connaissait par cœur la chanson matrimoniale et elle était avide d'entendre des couplets qui n'étaient pas dans le texte.

D'un autre côté, il lui était impossible de satisfaire ses goûts égoïstes pour les chanteurs étrangers.

Non seulement maître Alibert veillait sur elle avec la conscience de ne pas perdre son temps, mais Joseph Vernaudin ne quittait pas des yeux les jupons de son inquiétante épouse.

Le maître et le mari avaient raison tous deux : un malheur serait vite arrivé sans la vigilance des deux sentinelles.

Pourtant, malgré la suspicion légitime dont il était l'objet, François de Montastruc avait eu l'occasion de déclarer son amour à Catherine.

Celle-ci avait reçu un tel aveu en rougissant de bonheur.

C'est dans un couloir de l'auberge que de dangereuses paroles avaient été échangées par deux fois.

La servante, pressée de rendre un baiser qu'elle avait reçu sans paraître s'en scandaliser, avait fini par répondre :

— Mais puisqu'il est toujours là !

— *Il*, c'était ce pauvre Joseph Vernaudin.

Evidemment, il ne s'agissait pas de Thomas Alibert dont on serait certainement parvenu à tromper la surveillance.

Mais l'autre, le postillon Otello !

Le comte était sûr désormais qu'il ne lui manquait que l'occasion pour posséder l'une des plus jolies femmes de Toulouse.

Plus il la regardait, plus il devenait fou, sinon d'amour, du moins de désir.

Dans la vaste chambre qu'on lui avait donnée, au premier étage de l'auberge, il était obsédé par l'espoir d'arriver à son but. Mais le jour du départ approchait.

Que faire ?

François de Montastruc résolut tout simplement de ne pas partir.

— Joseph Vernaudin emmènerait les voyageurs qu'une amoureuse perspective ne détournait pas de leur chemin et, pendant qu'il ferait claquer son fouet tout comme une autre, lui, en rusé Gascon qu'il était, trouverait bien le moyen de conquérir la belle servante.

A partir du moment où il avait pris la résolution de séjourner à Toulouse, il feignit de ne faire aucune attention à Catherine.

Deux ou trois fois même, et devant le conducteur ravi, il se plaignit du service avec une telle sévérité dans les termes que Joseph se serait fâché s'il n'avait pas craint d'enlever un bon client à son patron.

La servante avait compris.

C'est un mardi matin, à six heures, que la diligence partit.

Au dîner, à midi, — à Toulouse on dîne et on

soupe, — François de Montastruc glissa un billet dans la main de Catherine.

Voici le contenu du poulet que maître Alibert ne devait pas servir à table d'hôte :

« Ce soir ou demain, au hasard de l'occasion, j'irai vous voir, ma belle. Pas de verrous ou j'enfonce la porte ! »

C'était concis, mais c'était net.

Un long corridor conduisait de la chambre du jeune amoureux à celle de Catherine.

Plus d'une fois déjà, il l'avait vue entrer chez elle.

Thomas Alibert logeait au rez-de-chaussée, à proximité de ses fourneaux.

A cinq heures du matin, il vaquait déjà à son ouvrage. Veuf depuis quelques années, il n'avait laissé à personne la responsabilité de son auberge.

A dix heures du soir, il allait dormir du sommeil du juste, toujours éreinté par son labeur quotidien.

Un chien, qui s'appelait César, — il y a des gens qui croient avoir inventé ce nom — faisait partie de la maison.

C'était un gros et bel épagneul noir qui adorait Catherine.

Thomas Alibert comptait sur ce fidèle gardien pour l'avertir de tout ce qui pourrait se passer d'insolite dans son domaine. Il n'avait pas réfléchi que les bêtes sont toujours charmantes pour les amis de leurs amis, ce qui, même chez les épagneuls, est une évidente preuve de bon goût.

François de Montastruc attendit minuit. Il était

trop galant chevalier pour ne pas prendre toutes les précautions voulues.

A minuit, il se leva, aussi doucement que possible, mais, en se dirigeant vers la porte, il avait à peine fait quelques pas dans sa chambre que César se mit à aboyer avec fureur.

Cartouche et Mandrin se seraient ligués pour dévaliser l'auberge que le cerbère n'aurait pas à leur approche fait entendre d'aussi bruyantes protestations.

Maître Alibert, réveillé en sursaut, passa ses chausses et s'empara d'une broche, Durandal ou Joyeuse de ses pareils.

Le terrible chien n'attendait que son maître pour le conduire dans la direction du crime... qu'on allait commettre.

César et Thomas montèrent au premier étage.

— Qui va là ? s'écria l'aubergiste dont la voix tremblait tandis que l'épagneul faisait entendre de sourds grognements.

François de Montastruc ouvrit sa porte.

— Monsieur le comte, s'écria Alibert, avez-vous des voleurs dans votre chambre ? César en a entendu. César ne se trompe pas.

Le gentilhomme pria son hôte d'entrer pour lui faire constater qu'il était bien seul et que l'alerte n'avait aucune raison d'être.

Il était, du reste, enchanté de déployer son innocence, même aux yeux du terrible animal qui lui volait une nuit de plaisir.

L'aubergiste, un peu soupçonneux de sa nature, sonda tous les coins de son œil inquisiteur. Quand il fut rassuré, il s'excusa poliment d'avoir lui-même troublé le repos de la maisonnée et il redescendit tranquille pour aller regagner son lit.

César grognait toujours comme un chien à qui on ne conte pas des mensonges.

Les circonstances s'étaient présentées si décourageantes que François de Montastruc regrettait presque de n'être pas parti avec Joseph Vernaudin.

Il était certain qu'à chaque nouvelle tentative César, qui ne dormait jamais que d'une oreille, donnerait l'alarme et que la broche de maître Alibert aspirerait à passer pour une arme défensive.

C'était bien la peine d'avoir retardé son voyage pour croquer le marmot à dix mètres de la femme convoitée.

Mais il est convenu qu'il y a un Dieu pour les amoureux comme pour les ivrognes.

Nous citons le proverbe bien connu mais non sans faire remarquer qu'il vaudrait mieux, vu les circonstances, s'abstenir de la citation.

La journée du lendemain ne s'était pas encore écoulée que le comte recevait de Catherine des explications très satisfaisantes.

Pendant que Thomas Alibert était sorti pour aller chercher des clous de girofle, comme de coutume, César l'avait accompagné.

L'épagneul de l'*Auberge des Capucins* n'était intraitable que la nuit.

— MA MÈRE !

Catherine servait donc son amoureux et personne dans la vaste salle ne pouvait gêner leur entretien.

— Pauvre belle, disait le comte. Je ne sais plus comment arriver jusqu'à toi, et tu ne t'imagines pas combien je souffre de te savoir si près et... si loin de mes bras. J'ai envie d'empoisonner ce chien de malheur. Qu'en penses-tu ? C'est une idée...

— Vous n'avez pas besoin de recourir à cette extrémité, répondit la servante. Puisque vous dites que vous m'aimez, je viendrai chez vous.

— Ce sera la même chose !

— Non ! Je puis errer toute la nuit dans la maison sans que César remue autre chose que sa queue. Il sait que c'est sa petite maîtresse qui marche au-dessus de lui. Je vous dis qu'il ne fera pas un mouvement. Si je n'en étais complètement sûre, croyez-vous que je braverais la colère de maître Alibert ?

Le raisonnement ne manquait pas de logique, ce qui était assez étrange chez une femme.

Quand l'hôtelier revint, Catherine plumait une volaille à l'office et Thomas Alibert vit avec plaisir que la servante ne rôdait pas autour du comte.

Au fond, il pensait qu'elle lui en voulait beaucoup des sorties qu'il lui avait faites.

La nuit venue, quand l'*Auberge des Capucins* fut plongée dans le silence, ce que la rusée Catherine avait prévu arriva.

Elle sortit de sa chambre dans une toilette on ne peut plus sommaire et, quelques secondes après, elle pénétrait chez son galant.

César était resté muet comme une carpe, et la broche n'avait pas usurpé l'honneur de verser le sang d'un chrétien.

Est-il nécessaire de dire que François de Montastruc ne dormait pas et, de fait, il ne perdit rien pour attendre.

Catherine, nous l'avons dit, était d'une beauté remarquable. C'était la délicieuse Toulousaine, aux yeux noirs et profonds, aux sourcils artistement arqués, à la taille restée fine et souple, malgré les besognes de sa profession.

Ce soir-là, elle reçut la noblesse à bras ouverts et comme le jeune comte prit goût à cette mésalliance, pendant près d'un mois on fila le parfait amour.

Maître Alibert ne put constater qu'une chose : c'est que Catherine devenait très paresseuse.

Elle ne pouvait décemment pas lui avouer qu'elle ne dormait pas assez longtemps.

Après son long voyage, la diligence revint et, avec elle, Joseph Vernaudin, le conducteur si lamentablement bafoué.

Comme on le prétend, la foi sauve. Il reprit donc possession de son bien.

Il n'y avait pas de traces d'effraction : il fut donc absolument heureux jusqu'à son prochain départ car sa femme, par remords peut-être, fut aussi enthousiaste que si elle l'avait impatiemment attendu.

Elle parut même au désespoir quand il dut la quitter pour reprendre son fouet.

Cette fois, François de Montastruc retint une place

dans le coupé de la diligence et, après l'avoir payée d'avance, il lui restait soixante livres pour vivre en route et pour s'installer à Paris.

Le souvenir de ses premières amours allait-il s'effacer devant les soucis du lendemain ? Non ! L'espérance est une plante qui pousse follement dans le champ de la jeunesse et, à vingt-cinq ans, on ne croit pas à la misère.

II

Attelée de quatre robustes chevaux qui faisaient leurs dix lieues avant le premier relais, la diligence de Toulouse à Paris était, à l'heure du départ, l'objet d'une immense curiosité.

Tous les Toulousains qui n'avaient rien à faire venaient dévisager les voyageurs, gens étranges qui allaient si loin, et cette distraction ne les ruinait pas.

Quand le signal était donné par Maître Alibert, l'habile conducteur, Joseph Vernaudin, lançait un inexprimable regard d'adieu à sa femme, puis, pour -vaincre son émotion, fouettait vigoureusement ses bêtes impatientes en faisant retentir l'air d'une invraisemblable collection de jurons patois.

Les badauds suivaient des yeux la superbe patache et, quand ils l'avaient perdue de vue, ils rentraient au logis contents d'eux et les mains dans les poches.

Le mois suivant, ils devaient assister au même spectacle avec le même intérêt.

Le coupé de la diligence qui roulait vers Paris en faisant jaillir des étincelles sur chaque pavé contenait trois places, mais il ne s'y trouvait que deux voyageurs, le comte François de Montastruc et un vague hobereau qui se présenta à son voisin sous le nom de chevalier d'Ardignac.

La conversation ne tarda pas à s'engager entre les deux compagnons de ronte.

Ils échangèrent des confidences et, avant d'avoir quitté la banlieue de Toulouse, le jeune comte savait l'histoire de son voisin.

D'Ardignac avait trente ans et avait fait plusieurs fois le voyage.

Il revenait souvent au pays pour toucher les revenus de nombreuses fermes qui lui avaient été léguées par sa famille. Au premier abord, son costume d'une fraîcheur équivoque démentait l'existence de ces prétendues richesses.

Il fallait toute l'inexpérience du comte de Montastruc pour croire à un récit dont l'invraisemblance sautait aux yeux.

A son tour, François raconta son histoire, mais avec une incontestable sincérité.

— Je suis, dit-il, d'une famille bien connue dans le Languedoc. Ma noblesse remonte très haut, mais il ne reste à ma mère, veuve depuis bien longtemps, qu'un vieux château plein de souvenirs mais qui attire déjà les chouettes et les hiboux. C'est bien mauvais signe. Tout autour, de mauvaises terres dont les paysans ne veulent pas. Tel que vous me voyez, je fuis la misère et si je ne laissais là-bas deux êtres bien-aimés, je ne voudrais plus revoir les lieux où j'ai tant souffert dans mon orgueil naissant. J'attends tout de Paris. Vous savez maintenant qui je suis, ce que je veux ou plutôt, ce que j'espère.

— Merci de votre confiance. Vous vous appelez ?

— Je suis le comte de Montastruc, et vous ?

— Moi, je suis le chevalier d'Ardignac : on ne connaît que moi, à Versailles.

— Vous avez un emploi à la cour ?

— Mieux que cela.

— Vous m'intriguez !

— Il y a de quoi, mais comme vous ne devineriez pas la vérité, je vais vous la dire sans ambages : je suis l'amant de Mme de Châteauroux.

— Mme de Châteauroux ! Mais c'est la maîtresse du roi !

— Ecoutez, cher comte, je ne voudrais point passer pour Sa Majesté Louis XV, mais je crois devoir vous apprendre que les rois sont des maîtres et non pas des amants. Les femmes les adulent par intérêt, mais quand elles sont certaines de leur faveur, quand elles tiennent solidement le sceptre de reines de la main gauche, elles laissent parler leur cœur.

— Et la duchesse ?...

— La duchesse de Châteauroux ne m'a pas caché que Louis XV l'ennuyait passablement.

— Mais vous ne la voyez qu'en cachette, sans doute !

— Sans cela, je coucherais plus souvent à la Bastille que dans son hôtel.

— On l'a dit très acariâtre...

— Avec le roi, oui.

— Elle s'adoucit en votre faveur ?

— Je l'ai vue à mes pieds et j'ai failli ne pas la relever.

Le comte de Montastruc resta songeur.

— Eh bien ! continua-t-il, je bénis le hasard qui m'a fait vous rencontrer. Puis-je compter sur votre appui ?

— Cher comte, vous m'êtes on ne peut plus sympathique. Je ne demande qu'à vous être utile. Entre gentilshommes il faut se sentir les coudes. Vous m'avez avoué que vous étiez pauvre. Vous reste-t-il assez d'argent pour attendre la fortune ?

— J'ai soixante livres. J'en avais deux cent cinquante quand j'ai quitté notre château, Je les ai dépensées en grande partie à Toulouse.

— Pour une femme ?

— A cause d'elle, mais elle ne m'a rien coûté.

— Les femmes ne doivent rien coûter à un beau garçon comme vous. Si elles sont jeunes, elles ont le temps de s'enrichir. Si elles ne le sont pas, elles nous doivent une compensation.

Le comte de Montastruc sourit de la réflexion. A cette époque, les femmes étaient encore plus exploitées qu'aujourd'hui. La fortune était d'un côté ou de l'autre : tant pis pour elles si elles étaient mieux favorisées que leurs soupirants.

— C'est à Paris que nous reparlerons de l'avenir reprit le chevalier d'Ardignac. En attendant, admirons le paysage, quand il en vaut la peine, profitons des bonnes auberges et dormons tant bien que mal.

Le comte de Montastruc suivit le conseil de point en point, mais il ne put s'empêcher de remettre sur le tapis la duchesse de Châteauroux.

Loin de lui en vouloir de son indiscrétion, le chevalier se fit un plaisir de raconter ses aventures avec la maîtresse du roi.

La première fois où il la rencontra, c'était dans la forêt de Rambouillet où il se promenait en simple curieux de la nature, en amoureux fervent des grands arbres et des vertes fondaisons.

Au détour d'un sentier, il se trouva face à face avec une femme d'une rare distinction, suivie d'une vieille camériste.

Il la salua avec tant de respect dans le geste qu'elle lui sourit avec une indicible grâce.

Il n'avait pas vainement espéré.

— Monsieur, lui dit-elle sur un ton d'exquise douceur, je me suis égarée dans la forêt et ma suivante est encore plus effrayée que moi de ce contretemps. Je vais au castel de Maupertuis, qui est un des rendez-vous de chasse du roi. Je ne sais si je m'en rapproche ou si je m'en éloigne. Pouvez-vous me mettre au moins dans la direction ?

— Le castel de Maupertuis, répondis-je avec le plus grand empressement, est à un quart d'heure de marche. Vous lui tournez le dos, madame, et, si vous le permettez, je me ferai un honneur de vous accompagner jusqu'à la porte.

— J'accepte, monsieur, et je vous suis très reconnaissante de votre courtoisie.

Le chevalier d'Ardignac offrit son bras à la noble dame qui faisait appel à ses services et il remarqua au même instant que la vieille camériste, par respect ou par calcul, s'éloigna de quelques pas pour ne pas entendre les propos échangés.

C'est le guide improvisé qui attaqua la conversation.

— Si je ne connaissais de vue Sa Majesté la reine, madame, je croirais avoir l'honneur de la ramener au Castel.

L'inconnue sourit.

— Vous allez quelquefois à la cour, monsieur?

— Non, madame. J'arrive de ma province et j'attends un brevet de capitaine dans la garde du roi. Le duc de Lubersac me l'a fait espérer.

— Connaissez-vous la duchesse de Châteauroux?

— Non, madame. Je sais seulement que le roi l'adore et qu'elle a sur lui une influence sans limites que justifient son esprit et sa beauté.

— Vous êtes, monsieur, un galant homme et je vois que les calomnies dont on m'abreuve n'ont pas de prise sur vous.

— Vous êtes?...

— Je suis la duchesse de Châteauroux.

Le chevalier ne savait plus quelle contenance prendre. Il n'ignorait pas la toute-puissance de la

favorite royale qu'il avait à son bras et il lui en coû-
tait de n'être qu'un cavalier respectueux.

La duchesse rompit le silence qu'elle avait provo-
qué rien qu'en se nommant.

— Que me demandez-vous, monsieur, pour prix
du service que vous me rendez ?

— L'honneur de baiser votre main, madame.

— J'y consens volontiers.

La duchesse tendit sa main au chevalier d'Ardignac
et celui-ci constata avec bonheur qu'elle ne s'offensait
pas d'un long baiser qui dépassait les limites d'un acte
de courtoisie.

Un chevalier languedocien ne pouvait perdre une
telle occasion de tenter un grand coup.

Au risque d'encourir une disgrâce aussi soudaine
que l'avait été son étrange bonne fortune, il mit la
main sur son cœur et en fixant ses yeux de reître hardi
sur ceux de la duchesse, il s'écria :

— Madame, je ne vous ai vue que depuis quelques
instants et, pour la première fois, je n'ose exprimer
les sentiments qui m'oppressent. Cependant, qu'il
me soit permis de vous affirmer qu'à partir de ce
jour ma vie vous appartient. Ne vous offensez pas de
mes paroles : elles sont d'un esclave, fier des chaînes
qu'il s'impose. Quant à la vie d'un homme brave, elle
n'est jamais à dédaigner.

La duchesse retrouva son mélancolique sourire et,
une fois encore, elle abandonna sa main aux lèvres
ardentes du chevalier.

Si l'on en croit d'Ardignac, en arrivant aux portes

dù castel, la duchesse de Châteauroux fit un signe à la vieille camériste et, après le départ de sa maîtresse, celle-ci s'exprima en ces termes, à la grande stupéfaction du chevalier.

— Venez après-demain à Versailles. Vous demanderez l'hôtel de la duchesse de Châteauroux. C'est à deux heures que vous arriverez. Les gens de l'antichambre seront prévenus : le reste me regarde. Votre nom, monsieur ?

— Je suis le chevalier d'Ardignac.

— Chevalier d'Ardignac, bénissez votre destin !

L'heureux Languedocien aurait préféré renier son beau pays que manquer au rendez-vous qui lui avait été donné.

Le surlendemain de sa mémorable rencontre avec la maîtresse de Louis XV, il arriva chez elle après s'être longtemps demandé si la duchesse de Châteauroux voulait le faire bénéficier de sa haute influence ou si quelque caprice l'avait déterminée à lui ouvrir sa porte.

Il fut reçu par la vieille camériste et conduit dans les appartements de la favorite.

La duchesse semblait l'attendre, assise ou plutôt étendue sur un moëlleux sopha.

Plus de doute : ce n'était pas le protégé qu'elle recevait mais le cavalier servant.

Madame de Châteauroux abandonna la position horizontale et fit signe au chevalier de s'asseoir sur un grand fauteuil au dossier armorié qu'elle lui désigna de la main.

En grande dame de la cour, qui ne veut pas perdre un temps qu'elle sait très précieux, elle dit d'un air un peu nonchalant :

— Vous me disiez dans la forêt ?...

C'était une invite peu équivoque à une nouvelle déclaration.

D'Ardignac comprit qu'il ne devait plus parler de son dévouement mais de son amour.

L'occasion était unique et il est certain qu'il fallait en profiter.

Appelé dans les appartements privés de la duchesse, accueilli presque avec empressement à l'heure dite, il eût été indigne d'appartenir à la noblesse du Languedoc s'il n'avait pas risqué le tout pour le tout.

Il s'agenouilla devant Madame de Châteauroux et, de cet accent convaincu que trouvent au fond de leur cœur ardent les amoureux pressés, il s'écria :

— Dans la forêt, Madame ? Je ne vous ai rien dit. Pourquoi ? Parce que j'étais trop ému pour oser parler. Est-ce que je pouvais ambitionner que vous daigneriez faire attention au passant chétif, à l'humble gentilhomme que le hasard avait mis sur votre chemin ? Est-ce qu'un brin d'herbe oserait demander qu'une étoile rayonnât pour lui seul ? Encore aujourd'hui, Madame, si près de vous, je suis tenté de détourner la tête, confus de mon rêve impossible.

— Mais répondit la duchesse, le rêve est permis à tout le monde, surtout aux jeunes gens.

La belle favorite avait à peine prononcé ces paroles que la vieille camériste pénétra soudain chez elle avec des airs désespérés.

— Madame, dit-elle, il n'y a pas un moment à perdre. Le roi vient ! Voici le roi...

Sans paraître troublée plus que de raison, Madame de Châteauroux ordonna à sa femme de confiance de retarder à tout prix de quelques instants l'entrée du monarque et ouvrant elle-même un placard qui faisait face au sopha sur lequel elle s'asseyait ordinairement, elle montra cette retraite au chevalier en lui disant :

— Vite là dedans, ou nous sommes perdus.

D'Ardignac entra dans le placard comme chez lui.

Il était temps. Avec l'habitude d'un homme qui n'a pas besoin de se faire annoncer, Louis XV pénétrait dans la chambre de sa maîtresse.

— Bonjour, chère duchesse, dit-il en souriant, vous ne m'attendiez pas !

— Non, Sire. Je ne vous attendais pas parce que vous ne m'avez jamais fait espérer une visite en plein jour. Que me vaut cette heureuse exception ?

— C'est votre charme, duchesse. Je ne puis pas m'y soustraire toujours, même quand les devoirs de l'Etat m'appellent ailleurs.

— Asseyez-vous, Sire, et laissez-moi vous remercier d'une prévenance inespérée.

Louis XV s'assit sur le divan et la duchesse vint s'agenouiller devant lui en tendant ses lèvres vers la bouche du roi.

La fine oreille de d'Ardignac perçut le son d'un franc baiser.

Pour une fois que la fortune lui souriait, il n'avait qu'une veine fort mitigée.

C'est un autre, en effet, qui allait, à lui seul, dévorer tout le festin qu'il croyait servi à son intention : il est vrai que cet autre était Sa Majesté le roi de France.

— Vous êtes plus jolie que jamais, reprit Louis...

— Et les autres jours ?

— Les autres jours aussi.

— C'est dire, ô mon doux roi, que vous m'aimez de plus en plus ?

— Pourrait-il en être autrement ! Et cependant, vous me boudez quelquefois. Avant-hier, vous m'avez mis à la diète.

— Mais j'étais souffrante, cher Seigneur !

— Vous n'avez pas souffert tant que moi. Mais oublions le passé. Je viens pour la revanche.

— Pas en plein jour, Sire. Les nuits ne sont pas faites pour se promener. Ce soir, vous serez vainqueur autant de fois que vous le voudrez.

— Vous me flattez, duchesse !

— Ce soir, je fermerai les yeux sous vos chers baisers et je ne dirai qu'un mot : Oui !

— Louis XIV n'aimait pas attendre : vous voulez donc que je sois son indigne héritier ?

— Je veux que l'espoir me prépare à mieux obéir, cher Seigneur.

Voyant qu'il était inutile d'insister, le Roi se leva.

— A ce soir donc, belle duchesse. Je viendrai un peu tard, à cause du ballet.

Et après un baiser d'adieu, le souverain, habitué à se plier aux caprices de sa maîtresse, alla retrouver sa voiture dans la cour de l'hôtel, voiture qu'il empruntait à un gentilhomme de sa chambre, afin de ne pas éveiller les soupçons du parti de la Reine.

Quand la duchesse eût entendu rouler le carrosse qui emportait Sa Majesté, elle ouvrit le placard où se morfondait le chevalier d'Ardignac et, considérant le prisonnier avec une pitié comique, elle le consola d'un mot très significatif :

— Chevalier, dit-elle, il n'y a pas de plaisir sans peine ?

— J'attendrai ici tous les jours, Madame, reprit d'Ardignac, oui, tous les jours, si vous devez en me rendant la liberté enivrer mon cœur avec une semblable promesse.

— Tous les jours ! répliqua la duchesse, c'est trop : vous êtes plus exigeant que le roi.

— A sa place, je ne serais pas parti.

— Mais puisque vous y gagnez !

Sur ces bonnes paroles le chevalier appliqua résolument ses lèvres sur la bouche de la duchesse de Châteauroux et, comme la favorite n'opposait pas l'ombre d'une résistance, la suite ne fut pas renvoyée au prochain numéro.

D'Ardignac était un solide cavalier, un beau gars toulousain, brun, ardent, infatigable.

En cette première rencontre, il fit beaucoup de tort au roi.

En présence d'une jolie femme, il n'avait pas l'habitude de laisser tomber la conversation.

Avec la duchesse de Châteauroux, qui semblait avoir prévu son éloquence, il fut véritablement intarissable.

Elle n'avait jamais remarqué tant de variété dans le discours, tant de hardiesse dans l'attaque, tant d'intelligence dans la riposte.

Il était six heures lorsque la duchesse renonça au dialogue et, galamment, le chevalier lui fit comprendre qu'elle était bien cruelle.

Tout à coup, il fit semblant de vouloir reprendre sa place dans le placard.

— Que faites-vous, chevalier ?

— Je veux attendre jusqu'à demain, répondit-il en souriant.

— Mais le roi ?...

— J'oubliais, Madame... Me permettrez-vous de vous demander s'il sera aussi bien reçu que moi ?

— S'il était aussi exigeant, cher chevalier, je serais morte demain matin.

— Il sait donc se modérer, près de vous ?

— Il n'a plus trente ans et puis, il gaspille ses forces un peu partout.

— Vous me chassez, duchesse. Jusques à quand ?

— Jusqu'à mardi prochain. Même consigne...

— Même programme ?

— Je ne réponds pas de moi.

Et le chevalier d'Ardignac sortit radieux car, se sentant capable de faire oublier un roi, il avait le ferme esprit que la favorite lui tiendrait compte de son écrasante supériorité.

Telle est, en résumé, l'histoire des premiers rapports du gentilhomme Languedocien avec la maîtresse en titre du roi de France.

C'est, du moins, à peu près en ces termes qu'il la conta à François de Montastruc qui regardait avec admiration l'audacieux cicerone de la forêt de Rambouillet qui avait si bien conquis la belle duchesse de Châteauroux.

Qu'y avait-il de vrai dans ces amours si tôt couronnées par le plus éclatant succès ?

Rien, absolument rien.

En bon méridional, le chevalier d'Ardignac les avait imaginées de toutes pièces.

Petit à petit, il avait cru que ce roman était de l'histoire. Maintenant il y croyait si bien que tout le monde se serait trompé à la sincérité de son accent.

D'Ardignac n'était qu'un chevalier d'aventure qui avait quitté Paris pour se soustraire aux recherches des agents de M. d'Argenson, lieutenant-général de police. Il avait été compromis, très sérieusement, dans une affaire de rapt, compliquée de soustraction de bijoux.

Il n'avait jamais connu la duchesse de Châteauroux et il avait toujours vécu d'expédients, malgré l'étalage des revenus de ses fermes.

Quand il avait vu qu'il ne pouvait rien tirer de son

...EN TOILETTE SOMMAIRE...

compagnon de voyage, plus pauvre que lui en ce moment même, il avait résolu de l'éblouir et il y était parvenu sans peine.

Arrivés à Paris, les deux voyageurs descendirent à l'*Hôtel du Cygne*, dans la rue Sainte-Croix-de-la-Bretonnerie.

Ils s'étaient promis, pendant le long trajet qu'ils avaient fait ensemble, de s'associer dans la lutte pour la vie.

Malheureusement, les agents de M. d'Argenson veillaient. Le chevalier d'Ardignac fut reconnu et arrêté sans ménagements.

On le conduisit à Vincennes, séjour des prisonniers qui ne valaient pas la peine d'être enfermés à la Bastille.

Il est probable qu'il y resta fort longtemps puisqu'on n'entendit jamais parler de lui.

III

Le jeune comte François de Montastruc se trouvait donc seul à Paris, livré à lui-même, et dans une inquiétude mortelle pour le pain quotidien.

Il ne fallait pas qu'il songeât à recevoir des subsides de la maison paternelle. De ce côté, toute espérance était vaine.

Sa rencontre avec l'aventurier disparu devait lui être fatale.

Les principaux conseils qui se dégageaient du récit

de d'Artignac, la conquête de l'argent par tous les moyens, allaient lui inspirer une conduite dont on ne compterait plus les défaillances.

Il était digne de succéder aux roués de la Régence, ne reculant devant aucun moyen pour s'offrir une existence de luxe et de plaisirs.

Comme l'avait dit le grand Corneille : ses pareils à deux coups ne se font point connaître.

Passons à ses débuts dans la vie parisienne.

Pensionnaire à *l'Hôtel du Cygne*, il laissa pendant quelques jours de précieux papiers de famille sur la table de sa chambre.

Il y avait des lettres des plus grands personnages adressées aux comtes de Montastruc et divers titres envoyés au nom des anciens rois de France, un brevet de maréchal, des investitures de gentilshommes de la chambre, des nominations de conseillers au Parlement, nobles archives de la vieille maison Languedocienne.

Tout cela négligeamment épars et volontairement en désordre pour la plus grande joie des yeux indiscrets.

Le patron de l'Hôtel, qui n'accordait aux voyageurs qu'une confiance très limitée, visitait fréquemment les chambres pour se documenter sur la situation des nouveaux venus.

C'est de cette minutieuse inspection que dépendait leur crédit.

Quand il eut bien étudié les titres qui faisaient tant

d'honneur à la famille de son nouveau client, il s'empressa de lui prodiguer les plus grands égards.

Le comte François s'aperçut bien vite de la transformation qui s'était opérée chez son hôtelier et il se promit d'en profiter aussi longtemps que le permettraient les circonstances.

Il est certain que les quelques livres qui lui restaient ne pouvaient suffire qu'à ses premières dépenses.

Aussi, un matin, quelques jours après son arrivée à Paris, il se tenait sur la porte de l'auberge, inquiet comme quelqu'un qui attend quelque chose et qui ne voit rien venir.

Le père Limagne, c'est ainsi que s'appelait le patron de l'*Hôtel du Cygne*, épiait la physionomie du comte.

— Qu'a-t-il donc, se disait-il? Il paraît plus que préoccupé! Il est visiblement ennuyé, notre beau seigneur.

Et il s'approcha de lui.

— Permettrez-vous, Monsieur le Comte, à un homme qui a le plus grand respect pour votre nom et pour votre personne de s'informer des motifs de votre mécontentement? Vous paraissez attendre quelqu'un avec impatience. Pourrais-je avoir l'honneur de vous renseigner?

Maître Limagne s'exprimait fort bien pour un Auvergnat. Il est vrai que trente ans passés dans la rue Sainte-Croix-de-la Bretonnerie lui avaient enlevé un peu de son accent, sinon beaucoup de son âpreté au gain.

François de Montastruc comprit, au son obséquieux de la demande, qu'il pourrait compter sur son aubergiste.

Et il débuta magistralement dans son rôle de cadet de Languedoc.

— Oh! répondit-il au questionneur, vous ne pouvez rien pour moi, mon brave homme. J'attends un courrier qui doit m'apporter beaucoup d'argent. Je sais qu'il est en route, je sais qu'il ne peut être rendu ici avant l'arrivée de la diligence qui m'a déposé chez vous, et pourtant, j'interroge l'horizon, comme si je devais entrer plus vite en possession de la somme qu'on m'expédie du château.

— Vous attendez de l'argent, monsieur le comte... En manqueriez-vous?

— Pas encore, mais demain peut-être. Je n'aime pas les privations, moi. Je n'y suis pas habitué. Or, à Paris, quand on n'a pas d'argent, on doit être fort malheureux...

— Partout, monsieur le Comte. Mais qu'à cela ne tienne. Non seulement je suis tout disposé à vous faire le plus grand crédit en qualité de client, à vous héberger aussi honorablement que mes moyens me le permettent, mais je tiens à votre disposition ce que vous me demanderez.

La vue du brevet de maréchal de France où flamboyait le nom de Montastruc avait fait son effet.

Le comte François n'hésita pas à tirer le plus grand parti de la situation.

S'étant bien dit que s'il était trop modeste dans son

emprunt il passerait pour un simple gentilhomme Auvergnat, il répondit d'un ton distrait :

— Eh bien ! père Limagne, puisque vous êtes si courtois, donnez-moi cinq cents livres jusqu'au retour de la patache.

L'aubergiste eut un haut-le-corps. D'un côté, la diligence devait arriver dans un mois, et de l'autre, l'énormité de la somme lui avait causé une désagréable surprise.

Mais il s'était trop avancé pour reculer.

— Je cours les chercher, monsieur le comte. Dans quelques instants vous les aurez. J'espère que vous voudrez bien me tenir compte de cette avance, un peu considérable pour un simple aubergiste.

— Vous appelez cinq cents livres une somme considérable ? répliqua le cadet de Languedoc. En vérité, vous m'étonnez !

Ce qui l'étonnait surtout, c'était de trouver, à peine débarqué dans la capitale, un patron si facile à convaincre.

Maître Limagne redescendit bientôt avec l'argent promis et François de Montastruc le reçut comme s'il lui était dû.

A partir de ce moment, il n'imita pas sœur Anne qui ne voyait rien venir.

Avec une habileté qu'on n'aurait pas soupçonnée chez un jeune homme, il pria l'hôtelier d'accepter cent livres pour ce qu'il lui devait déjà.

— Mais monsieur le comte ne me doit pas le tiers de la somme !

— C'est bien, mon ami : vous mettrez le reste au compte de mes futures dépenses.

Maître Limagne augura beaucoup de ce beau geste.

Quant au comte François, il n'ignorait pas ce qu'un tel acte contenait de bonne et fine politique.

Du reste, le jour où il aurait épuisé ses fonds, il n'aurait plus qu'à tourner des yeux inquiets du côté d'où venait la diligence de Toulouse.

Une fois bien lesté, François de Montastruc se mit en quête d'occasions pour écouler agréablement le magot du patron.

A la table d'hôte de l'*Hôtel du Cygne*, il avait fait la connaissance d'un charmant garçon *qui s'appelait* Fleurange et qui paraissait connaître les bons coins où l'on s'amuse.

Fleurange était bâtard d'un président à mortier, et, bien que celui-ci fût depuis longtemps en paradis ou en enfer, la famille légitime faisait au fils de l'amour une pension assez coquette.

Il avait trouvé que la vie d'auberge n'est pas trop désagréable et c'est ainsi qu'il était devenu le commensal de maître Limagne.

Au bout de quelques jours de relations, les deux jeunes gens ne se quittèrent plus.

Il fut bientôt décidé qu'ils iraient rue des Lombards.

A cette époque, la rue des Lombards n'était pas le quartier général des apothicaires et des droguistes. On y voyait, à chaque pas, des magasins de modes, des boutiques de fleuristes et, sans doute pour plaire aux jolies ouvrières, toute une légion de pâtissiers.

C'est dans cette rue que les amoureux du cotillon allaient chercher de gentes maîtresses et, quand ils étaient adroits, ils ne revenaient jamais bredouille de leur chasse aux fripons minois.

En ce temps là, les modistes et les fleuristes ne brillaient point par leur vertu.

Si, par hasard, une fillette sage se glissait dans leurs rangs, elle ne tardait pas à subir la contagion du milieu.

En moins d'un mois, une rosière jetait son bonnet par dessus les moulins.

Aujourd'hui, la chose paraîtrait invraisemblable.

C'était à la sortie des ateliers que les coureurs faisaient les plus belles pêches.

A midi, on avait à peine le temps d'offrir quelques brioches. Les pauvres filles n'avaient qu'une heure pour prendre l'air et leur repas.

Mais le soir, à sept heures, c'était la fortune !

C'est donc à ce moment propice que François de Montastruc et Fleurange commencèrent leur expédition.

La première fois ils ne se promenèrent qu'en éclaireurs.

La seconde, ils tentèrent l'assaut.

Tandis qu'ils déambulaient, l'œil aux aguets, ils remarquèrent deux jolies filles qui sortaient en riant d'un magasin de modes.

Quand elles se virent observées avec une sympathie qui ne pouvait leur échapper, au lieu de se presser pour rentrer, elles se mirent à flâner le long des pâtisseries.

Tandis qu'elles semblaient regarder avec ravissement les gâteaux exposés, Fleurange s'approcha d'elles et leur demanda la permission de les régaler.

— Mais comment donc, répondit l'une d'elles, ce n'est pas de refus, et puis, ça n'engage à rien.

Le comte François suivit l'exemple qui lui était si cavalièrement donné.

— Et vous? Mademoiselle, dit-il à la seconde avec un sourire conquérant.

— Moi, je veux tout ce que veut ma sœur.

Au fond, les deux modistes n'étaient pas gourmandes : elles prirent seulement une petite tartelette et sortirent de la boutique.

Naturellement, les jeunes gens ne les abandonnèrent pas.

Loin de fuir l'occasion, les deux sœurs se prêtèrent aux propos galants qui parurent leur être plus agréables encore que les tartelettes.

L'aînée s'appelait Bertrande : Fleurange la serrait de près.

La plus jeune s'appelait Madeleine : François de Montastruc la couvait des yeux.

Elles étaient charmantes toutes deux. Grandes, élancées, admirablement tournées, il n'y avait qu'à les faire entrer dans la combinaison.

Elles s'y prêtèrent avec une bonté d'âme qui dépassa les espérances des jouvençaux.

Dix minutes ne s'étaient pas écoulées qu'elles acceptaient à souper.

— Où allons-nous ? dit Fleurange à François de Montastruc.

Celui-ci n'osa pas avouer qu'il arrivait de sa province, aveu flatteur, pourtant, quand on vient du Languedoc, et il laissa à son ami le soin de diriger la partie carrée.

Fleurange savait que maître Limagne ne refusait jamais une aubaine. D'ailleurs, sa cuisine était excellente et l'Auvergnat précurseur avait déjà prévu le rôle social des cabinets particuliers.

Il y avait, au premier étage de l'*Hôtel du Cygne*, une vaste pièce très confortable où il servait volontiers les clients, même quand ceux-ci étaient en bonne fortune. Voilà pour le souper. Quant au dessert, on verrait bien !

Bertrande et Madeleine ne cessaient de montrer leurs dents blanches. Elles souriaient à qui mieux mieux. Elles avaient suffisamment examiné leurs deux cavaliers pour se féliciter de les avoir conquis.

Tout allait donc pour le mieux, quand les deux couples arrivèrent chez maître Limagne.

L'aubergiste ne demanda pas d'explications, quoique du Cantal il avait compris.

Fleurange et Montastruc, Bertrande et Madeleine, montèrent au grand seize de l'*Hôtel du Cygne*.

Comme il n'y avait pas de canapés, il fallut se contenter de chaises, mais bientôt deux seulement furent occupées.

Les deux modistes étaient sur les genoux des deux galants.

Il paraît que dans la rue des Lombards on ne s'offensait pas de si cavalières façons.

Bertrande n'avait pas attendu qu'on lui fit une déclaration. En sa qualité d'aînée, elle avait pris les devants.

— Comme vous êtes gentil d'être venu me chercher, dit-elle à Fleurange. On s'ennuie le soir chez nous.

— Et vous n'êtes pas chez vos parents ?

— Si nous n'étions pas libres, nous ne serions pas ici ?

— Et pourquoi de si jolies filles que vous, libres comme vous le dites, risquent de rentrer chez elles toutes seulettes ?

— Parce que nous n'écoutons pas tout le monde.

Pour remercier Bertrande de sa réflexion si flatteuse pour lui, Fleurange l'embrassa sur les yeux et, sans trop attendre, ses lèvres descendirent jusqu'aux lèvres de la modiste.

Décidément, il y avait parfait accord.

Madeleine ressemblait à Bertrande, mais elle était moins délurée.

Elle semblait se dire qu'on a beau venir de la rue des Lombards, quand on n'est pas une gourgandine, on ne commence pas par s'asseoir sur les genoux d'un garçon, aurait-il le séduisant visage du comte de Montastruc.

Celui-ci, bien qu'il n'en fût pas à ses premières

armes, n'avait pas encore l'audace de Fleurange.

Et il embrassait Madeleine sans rien dire, trouvant qu'un long baiser vaut toute une conversation.

Si maître Limagne n'avait fait irruption dans la salle, on ne sait pas ce qui serait arrivé.

Mais il fallait servir.

On soupa fort bien, il y eut un magnifique gigot, des cailles et des gâteaux de toute sorte, le tout arrosé d'un vieux vin blanc de Saumur, qui aurait tourné les têtes des convives si l'espoir d'un plaisir si prochain n'avait déjà suffi.

Le repas fini, Fleurange dit à Montastruc :

— Eh bien ?

— Quand vous voudrez !

— Il n'y a pas d'opposition, s'écria Fleurange ?

— A moins que Madeleine, répliqua Bertrande...

— Moi, répondit la jolie cadette, je veux ce que veut ma sœur !

L'esprit de famille, quoi !

Dès qu'ils furent dans leurs chambres respectives, les deux pensionnaires de maître Limagne ne perdirent pas leur temps.

Le lendemain, à déjeuner — les colombes s'étaient envolées de bonne heure — ils se racontèrent leurs impressions.

Il se trouva que la nuit avait été pareille des deux côtés, et que les deux sœurs avaient dans l'intimité le même charme et le même style.

Pendant près d'un mois, la rue des Lombards fraternisa avec la rue Sainte-Croix-de-la-Bretonnerie, puis les deux couples se séparèrent à l'amiable pour aller chercher ailleurs des émotions nouvelles.

Fleurange et Montastruc étaient devenus les meilleurs amis du monde, mais bientôt le cadet languedocien fut en butte à des préoccupations que son camarade ne pouvait deviner.

L'arrivée de la diligence de Toulouse était imminente, et maître Limagne, qui comptait sur le remboursement de ses cinq cents livres, ainsi que sur le paiement des fortes dépenses du jeune comte, redoublait de politesse et de prévenances envers lui.

Le quart d'heure de Rabelais allait sonner et François de Montastruc savait trop bien que la patache ne lui apporterait que des ennuis. —

Un soir, tandis que les deux compagnons se promenaient au Palais-Royal, qui était alors en pleine vogue, François confia la situation à Fleurance :

« Figurez-vous, cher ami, que je suis dans le plus grand embarras. J'ai une échéance terrible. Je dois cinq cents livres à notre hôtelier et, s'il me les a prêtées, c'est parce que je lui ai donné la certitude que le prochain courrier m'apporterait des subsides de ma famille. Or, vous savez qui je suis. J'ai droit au titre de comte, mais les miens sont pauvres et j'ai emporté tout l'argent dont ma mère pouvait disposer, c'est-à-dire une somme insignifiante. Si, la diligence arrivée, je ne m'exécute pas, ma situation n'est plus tenable à l'*Hôtel du Cygne*. Je commence à ne plus dormir la nuit. Maître Limagne m'apparaît comme un spectre et je ne crois pas qu'il y ait d'humiliation

plus grande que celle d'un gentilhomme recevant les
reproches d'un Auvergnat. Donnez-moi un conseil,
voulez-vous, Fleurance ?

— Je suis désolé de ce que vous m'apprenez, cher
comte. Personnellement, je ne puis vous être utile
car ma pension me suffit à peine. Cependant, je réflé-
chirai et demain nous causerons utilement peut-être.

Fleurange avait une excellente nature. Il aimait
beaucoup François de Montastruc dont la gaîté et
l'entrain le ravissaient. Il chercha donc, avec la volonté d'aboutir, le moyen de le tirer d'embarras.

L'idée qui vint tout d'abord au bâtard du président
à mortier était d'un honnête homme.

Voici comment il l'exprima, dès le lendemain, à
son camarade François de Montastruc.

— Je me suis demandé, mon cher ami, comment
je pourrais vous tirer de l'impasse où vous vous êtes
jeté. Et d'abord, puis-je savoir si vous avez reçu une
instruction sérieuse ? L'éducation y supplée un peu,
mais pas dans les conditions où je me propose de vous
servir.

— Pourquoi me demandez-vous cela ? Auriez-vous
l'intention de faire de moi un professeur ?

— Il faut, avant tout, parer au plus pressé. J'ai un
ami intime, l'abbé Lancelin, qui est vicaire à Saint-
Germain-des-Prés. C'est un homme déjà âgé qui jouit
d'une grande considération. Il est juste et bon. Il
m'aime parce que les hasards de ma naissance ont
fait de moi presque un paria. Pour compter un peu,
il faut être bâtard du roi ou de quelque prince du

sang. L'abbé Lancelin n'a, malgré sa mansuétude, qu'un défaut, assez grave chez un bon chrétien. Il est entiché de la noblesse des autres et il se ruinerait volontiers pour obliger un chemineau, pourvu qu'il descendit des croisades. Quand je lui aurai dit que vous êtes comte, que vous avez eu des maréchaux de France dans votre famille, quand je lui aurai exposé les titres des Montastruc, il vous sera tout acquis. Mais laissez-moi vous répéter ma question. Etes-vous suffisamment instruit pour donner des leçons aux fils d'un grand personnage ?

— J'ai eu un excellent précepteur, et je m'ennuyais tant au château paternel que je m'étais réfugié dans l'étude.

— Tout va bien. Je vais aller de ce pas voir le vicaire de Saint-Germain-des-Prés. Ce soir, je vous donnerai le résultat de ma visite. Avant de la faire, je veux que vous sachiez bien, cher ami, que je n'ignore pas que le poste que je rêve pour vous est au-dessous de votre qualité ; mais je connais des précepteurs qui sont arrivés très loin.

— Je vous laisse libre de vos démarches et je vous remercie de la bonne amitié qui préside à vos intentions.

En somme, le cadet de Languedoc ne songeait qu'à s'arracher à la vue de Maître Limagne, le spectre qui troublait ses nuits, et son esprit avait assez de ressources pour tirer profit de la bienveillance de l'abbé Lancelin.

François de Montastruc n'avait pas tort d'emprunter de belles illusions à l'inconnu.

Fleurange alla voir son ami et il lui parla éloquemment de la misère où allait se trouver bientôt un jeune homme qui lui était cher et qui appartenait à une des meilleures familles du Languedoc.

Quand l'abbé Lancelin apprit que le protégé de Fleurange était comte et que ses ancêtres, — des documents qu'on était disposé à mettre sous ses yeux l'attestaient, — avaient tenu les plus hauts emplois à la cour et à l'armée, il bénit la Providence de le mettre à même d'être utile à un gentilhomme issu d'une telle race et il n'hésita pas à promettre qu'avant vingt-quatre heures il donnerait une réponse favorable.

Fleurange ayant parlé d'un préceptorat, l'abbé s'écria, le visage illluminé par un espoir soudain :

— Mais j'ai votre affaire ! En tout cas, venez déjeuner avec moi demain et amenez-moi le comte...

Le comte François de Montastruc fut présenté.

Le prêtre et les deux amis déjeunèrent au presbytère où l'abbé, premier vicaire, régnait absolument, le curé de l'église étant réduit par son grand âge à ne jouir que des bénéfices de sa cure.

Au dessert, l'abbé Lancelin annonça qu'il avait déjà de bonnes nouvelles d'une première démarche.

— Il y a, dans notre paroisse, une marquise, une veuve de quarante ans à peine, qui a un fils de quinze ans, qu'elle confierait volontiers à un gentilhomme qui voudrait bien se charger de compléter son instruction. La marquise de Vézérance, — c'est le nom de notre noble paroissienne — est très riche et je suis certain qu'elle aurait une grande reconnaissance

pour celui qui lui rendrait le service d'élever son
unique enfant. J'ai déjà tâté le terrain. La présentation faite, je crois que tout s'arrangera pour le mieux.
Qu'en dites-vous, monsieur le comte ?

— Monsieur l'abbé, je suis prêt à suivre vos conseils et je vous exprime d'avance toute ma gratitude
pour ceux que vous voudrez me donner.

Fleurange, qui était viveur mais non perverti, se
réjouit du résultat si favorable de son intervention ;
mais le cadet de Languedoc, malgré la respectueuse
soumission qu'il témoignait à son protecteur, l'abbé
Lancelin, faisait déjà des rêves ambitieux et mal-
sains.

Il n'avait pas songé une minute à l'adolescent dont
il allait être chargé, et quand le vicaire de Saint-
Germain-des-Prés lui eût appris que la marquise de
Vézérance était veuve et qu'elle n'avait pas dépassé
la quarantaine, il s'était demandé si sa jeunesse n'aurait pas raison de cette maturité.

Et puis elle était à la tête d'une belle fortune, selon
les paroles mêmes de l'abbé.

Si, avec tout cela, la marquise était belle encore,
François de Montastruc n'avait plus rien à souhaiter.

La présentation eut lieu le surlendemain.

Le cadet de Languedoc accompagné par l'ecclésiastique qui s'était si vivement intéressé à sa situation, se trouva en présence d'une grande dame, d'une
merveilleuse distinction, et toute vêtue de noir.

Elle avait tant de sérénité dans les yeux et tant de

— VOTRE NOM ?

calme sur son beau visage qu'elle donnait l'illusion d'une femme d'autel, d'une religieuse vouée éternellement à la contemplation et à la prière.

François de Montastruc s'inclina profondément devant l'imposante patricienne qui disposait de son sort.

La marquise eût pour lui un sourire presque maternel et elle lui déclara avec une douceur d'accent qui s'accordait merveilleusement avec sa physionomie de sainte abbesse que puisqu'il avait l'honneur d'être recommandé par l'abbé Lancelin, elle n'hésitait pas à lui confier l'instruction de son cher Henri.

Pour le moment, elle ne lui parlait pas de conditions : son enfant était désormais sa seule espérance et elle saurait reconnaître, comme elle le devait, les soins attentifs dont il serait l'objet de la part de son futur professeur.

Le prêtre rayonnait en pensant que lui, fils de roturiers, avait été le protecteur d'un descendant des deux Montastruc qui avaient gagné au service des rois le bâton de maréchal de France.

Le jeune comte de Montastruc faisait aussi bonne contenance que possible, mais il était singulièrement déçu.

Avant de l'avoir vue, il se proposait de conquérir Madame la Marquise de Vézérance, et voilà qu'il se trouvait en présence d'une femme austère sur laquelle ses yeux, pourtant si hardis, oseraient à peine se lever.

Il s'était figuré une « honneste dame » taillée sur

le patron des coquettes de l'entourage de Louis XV, d'autant plus disposée à récolter le plaisir qu'à son âge la moisson devient de plus en plus rare, une de ces beautés sur le retour qui, sachant bien qu'elles ne peuvent plus attendre, saisissent à la hâte les dernières occasions.

Adieu l'espoir qu'il avait nourri de régner sur un cœur avide d'emprunter à la vie galante quelques heures de plaisir et de passion !

L'élève de François de Montastruc fut introduit dans le salon maternel.

C'était un enfant très délicat, timide comme une demoiselle et sur lequel la marquise jetait des regards inquiets, car il était très pâle et très chétif.

Le marquis était mort très jeune, d'une maladie de consomption.

Pourvu, se disait tous les jours Madame de Vézérance, pourvu que le père si tôt condamné, n'ait pas laissé quelque mauvais germe dans un si frêle corps !

La maison de la marquise était gouvernée par un vieil intendant qui fut chargé, le soir même, de conduire dans son appartement le précepteur d'Henri.

A première vue, la place était excellente, et il n'y avait guère que les petits abbés de cour qui eussent de telles aubaines.

Pendant que François de Montastruc débutait dans sa nouvelle profession, Fleurange s'occupait à l'*Hôtel du Cygne*, de ménager la réputation de son ami.

La diligence de Toulouse était arrivée, et celui qui paraissait le plus intéressé à son retour, s'était évanoui comme une ombre.

Maître Limagne ne décolérait pas. Il tremblait avec raison pour ses cinq cents livres et pour la note assez chargée du pensionnaire en qui il avait mis toute sa confiance.

Il osait penser que le Languedoc avait joué un mauvais tour à l'Auvergne, mais il ne pouvait avouer à Fleurange les remords qui le tourmentaient d'avoir cédé, une fois dans son existence, à un mouvement de générosité.

Pendant les premiers jours de l'absence de son ami, absence dont il connaissait seul la cause, Fleurange feignit de partager l'étonnement de maître Limagne.

Il essayait de persuader l'hôtelier qu'il y avait là-dessous quelque histoire de femme, mais cette hypothèse ne rassurait pas l'Auvergnat.

Il fallait trouver autre chose.

Un soir, à l'heure du dîner, Fleurange prit à part le patron de l'*Hôtel du Cygne*.

Il avait à lui communiquer des choses fort intéressantes et, naturellement, à lui demander le secret.

Quand l'aubergiste et son pensionnaire furent seuls, celui-ci s'écria :

— Je sais tout !

— Ah ! qu'est-il donc arrivé ?

— François, comte de Montastruc, à la suite d'une

galante aventure avec une princesse étrangère, a été conduit à la Bastille.

— A la Bastille, mon Dieu ! Et mes cinq cents livres !

Et de grosses larmes tombaient des yeux de l'Auvergnat, comme s'il avait perdu quelque enfant bien-aimé..

— Vos cinq cents livres? répondit Fleurange, on vous les rendra, avec les intérêts. Et d'abord, écoutez-moi, et vous verrez qu'il n'y a pas lieu de vous désespérer. C'est un de mes amis, secrétaire de M. d'Argenson, lieutenant-général de police, qui m'a mis au courant des événements. Il s'agit d'un caprice d'une noble allemande qui est partie hier. Il paraît qu'en haut lieu on n'attendait que ce départ pour mettre en liberté le comte de Montastruc. En tout cas, la résolution de M. d'Argenson est prise et, sous peu de jours, le jeune prisonnier nous sera rendu. Pour atteindre ce but, mon confident m'a demandé les papiers du comte car je lui ai appris moi-même l'illustration de la famille de Montastruc.

— Mais allez dans sa chambre, monsieur Fleurange, et prenez tout. Je ne demande pas mieux que de servir la cause de mes clients.

Fleurange ne désirait pas autre chose.

Il voyait fréquemment le cadet de Languedoc et celui-ci n'avait plus qu'un souci, rentrer en possession de ses précieux parchemins.

Fleurange, tout triomphant, les lui rapporta.

Il y avait à peine une semaine que le jeune comte

donnait des leçons au fils de la marquise, et déjà, il était las de sa vie de pédagogue.

Bien qu'il fût entouré d'égards et que son élève eût un caractère angélique, il s'ennuyait à mourir dans l'hôtel de Vézérance.

Il était décidé à le quitter, malgré tout le respect que lui inspiraient la marquise et l'abbé Lancelin. Enfin, il ne voulait pas désobliger le seul ami qu'il eût au monde, celui qui s'était si obligeamment mis à sa disposition pour le sauver de la misère.

Quand Fleurange eût reçu cet aveu, il ne put se défendre de dire à François :

— Mais qu'allez-vous devenir?

— J'ai une idée, cher ami, mais je ne puis vous en faire part tant que je n'aurais pas eu ma dernière entrevue avec la marquise.

— Vous savez que je ne suis pas indiscret et que tout ce que j'ai su de vous et des vôtres, vous me l'avez confié de vous-même. Cette fois, pourtant, je suis intrigué.

— Je ne puis rien dire aujourd'hui. Revenez demain et vous saurez tout.

François de Montastruc prenait la plupart de ses repas avec la marquise de Vézérance qui se séparait le moins possible de son fils.

Dans l'intimité, la marquise avait un indicible charme et, quelquefois, il eut été difficile de la confondre avec cette grande dame aux airs austères à laquelle l'abbé Lancelin avait présenté le jeune comte.

En mainte occasion, elle s'était montrée si souriante envers François de Montastruc que celui-ci commençait à se bercer des plus douces illusions.

Il résolut de tenter un coup d'audace. Il pria l'intendant de lui préparer un entretien avec la marquise : il avait une importante communication à lui faire.

La réponse ne fut pas longue.

Le vieux majordome revint au bout de quelques instants et dit cérémonieusement :

— Madame la marquise attend monsieur le comte.

François de Montastruc entra dans le salon. Son cœur battait très fort car il allait jouer une grosse partie :

— Vous avez demandé à me parler en particulier, cher comte : auriez-vous quelques reproches à faire à votre élève ?

— Non, madame : votre fils est un ange.

— Un de mes domestiques vous aurait-il déplu ?

— Non, madame, tout le monde ici m'entoure d'égards, et cependant je dois partir.

— Je ne vous comprends plus. Vous avez paru enchanté de trouver une position qui vous permit d'attendre que vos ennuis aient disparu ; vous savez que vos soins seront largement rétribués ; vous n'avez aucune plainte à formuler, et vous voulez nous quitter ?

— Je le dois, madame.

La marquise comprit. Elle regarda le comte et prit un air d'étonnement pour le laisser s'enferrer jusqu'au bout.

— Vous dites ?

— Je dis que je dois vous quitter, madame.

— Ah ! c'est de moi qu'il s'agit ?

— De vous seule.

Mme de Vézérance trouva inutile d'insister. Elle ne voulait pas recommencer la vie, et si quelque désir était venu troubler son cœur, elle eût été incapable de le satisfaire avec celui qu'elle avait chargé de veiller sur son enfant.

Elle se leva et, d'un ton très sec, elle avertit le jeune comte qu'il pouvait partir le soir même après avoir reçu de l'intendant ce qu'elle lui devait pour « ses gages ».

En appuyant sur ces deux mots, elle tenait à faire savoir à François de Montastruc qu'elle le chassait comme on chasse un laquais.

Notre cadet de Languedoc sortit honteux comme un renard qu'une poule aurait pris.

Il ne fut véritablement consolé que lorsqu'il reçut du majordome mille livres pour » ses gages. »

La marquise de Vézérance avait promis à l'abbé Lancelin d'être utile à son protégé.

Elle tenait sa parole.

François de Montastruc sortait de l'hôtel où il avait trouvé l'oiseau rare, une honnête femme, quand il vit venir à lui son ami Fleurange, visiblement heureux de lui rapporter ses archives.

— J'ai raconté au père Limagne que vous étiez à la Bastille et que, sans vos papiers, vous n'en sortiriez peut-être pas de longtemps. Les voici. Et maintenant, parlez-moi de votre idée ; j'y tiens.

— Mon idée, cher ami, ne valait pas un liard. J'ai voulu essayer de faire battre le cœur de la marquise ; la marquise n'a pas de cœur. J'ai joué la comédie en pure perte. J'ai feint de vouloir quitter ma place parce qu'un ardent amour me possédait : je n'ai pas trouvé d'écho. J'ai pris congé et on m'a remis mille livres. J'ai été mieux traité qu'un docteur en Sorbonne. Et maintenant, ne parlons plus de Lucrèce de Vézérance. Je reviens de la Bastille, c'est entendu, je donne son argent au père Limagne et demain soir, si Bertrande et Madeleine ne nous ont pas complètement oubliés, on ne s'ennuiera pas à l'*Hotel du Cygne.*

Les deux amis partirent dans la direction de l'auberge.

Il est superflu de dépeindre l'étonnement du patron quand il vit arriver François de Montastruc.

— Ah ! s'écria-t-il, comme je suis heureux de vous revoir, monsieur le comte ! Je connais vos malheurs...

— Ne parlons pas de cela, père Limagne. J'ai demandé ma grâce au Roi pour vous payer ma dette un peu plus tôt. Tenez voici vos cinq cents livres, mais à une condition, c'est que nous allons bien dîner.

— C'est convenu, monsieur le comte.

Et, quand il fut dans sa cuisine, l'Auvergant se signa comme s'il venait d'assister à un miracle.

IV

La diligence de Toulouse n'avait pas apporté de fonds au comte de Montastruc, mais le conducteur avait été chargé de lui remettre une longue lettre de la comtesse, s'il n'avait pas encore quitté l'*Hôtel du Cygne*.

Dans sa missive, Mme de Montastruc prodiguait les conseils. Elle s'était souvenue, trop tardivement à son gré, qu'une de ses amies d'enfance, la vicomtesse d'Ampuis, était à la cour, elle ne savait pas à quel titre, mais qu'elle serait certainement très heureuse de le recevoir et, peut-être, de lui être utile. Il n'avait qu'à se rendre à Versailles, à prendre ses renseignements et à solliciter l'honneur d'être reçu.

Fleurange, à qui François avait communiqué la lettre maternelle, s'enquit dès le lendemain auprès de son ami, le secrétaire de M. d'Argenson.

Il revint très joyeux car il avait appris que le vicomte et la vicomtesse d'Ampuis habitaient un magnifique château, situé à Crécy-en-Brie, entre Meaux et Coulommiers.

On pouvait s'y rendre à cheval en trois ou quatre heures.

Les châtelains étaient immensément riches. Ils s'étaient retirés de la vie mondaine mais ils passaient pour avoir les relations les plus brillantes, entretenues par le faste du vicomte d'Ampuis qui recevait royalement tous ses amis.

Voilà ce que Fleurange avait appris à la lieutenance générale de police.

Il insista pour que le jeune comte fît sans retard la visite que lui conseillait sa mère. Pour mieux l'y contraindre, il ajouta :

— Vous avez tout ce qu'il faut pour parvenir. Quand vous serez un personnage, vous songerez à votre ami Fleurange. Il se contentera des miettes de votre festin.

François de Montastruc lui répondit en lui tendant la main :

— A la vie, à la mort !

Le lendemain, le comte se procura un bon cheval et il partit à midi pour le château d'Ampuis.

Il fit une courte halte à Lagny et, vers quatre heures, il arrivait au terme de son voyage.

Il se fit annoncer au vicomte qui le reçut immédiatement.

— Je suis, lui dit-il, le comte François de Montastruc. Ma mère m'a ordonné de présenter mes hommage à la vicomtesse d'Ampuis, son amie d'enfance. Sa lettre m'est parvenue hier et je me suis fait un devoir de venir aujourd'hui.

— Montastruc ? Ce nom a été prononcé bien souvent devant moi. Soyez donc le bienvenu. Je vais vous présenter à la vicomtesse. Elle est dans le parc. Veuillez me suivre, Monsieur.

A cent pas du château, sous un grand arbre, Mme d'Ampuis était assise. Deux grands levriers roux étaient couchés à ses pieds. Ils ne se déran=

gèrent pas, car leur maître ne pouvait être accompagné d'un intrus.

— Madame, dit le vicomte, je vous amène le fils d'une de vos amies d'autrefois, François de Montastruc.

La vicomtesse dévisagea le jeune homme et, portant la main à son front, comme pour faire hâter le souvenir, elle s'écria :

— Vous êtes le fils de Marguerite de Sérenac, comtesse de Montastruc ? dit-elle en souriant.

— Oui, Madame, et ma mère m'a donné l'agréable mission de vous saluer en son nom.

— Comme je suis heureuse de vous voir, Monsieur ! La vie nous sépare, mais le cœur a des ailes. Le mien s'est envolé souvent vers le pays albigeois où j'ai passé ma jeunesse et, bien souvent, je vous l'assure, j'ai pensé à cette belle et bonne Marguerite que le malheur a si prématurément frappée. Vous êtes chef du nom et des armes, n'est-ce pas ? C'est le cas de répéter que noblesse oblige.

La vicomtesse d'Ampuis n'avait guère plus de cinquante ans, et elle parlait lentement, comme une douairière qui veut être vénérée avant l'âge.

— Eh bien ! reprit-elle, en regardant son mari, vous dînerez avec nous ce soir et vous passerez la nuit au château. N'est-ce pas, vicomte ?

M. d'Ampuis approuva d'un geste charmant les paroles de sa femme.

Un valet ayant apporté deux sièges, la conversation continua.

Invité à expliquer la cause de son voyage à Paris,
François de Montastruc le fit en ces termes :

— Madame d'Ampuis, dit-il, en s'adressant au vicomte qui écoutait avec la plus bienveillante attention, connaît l'origine de notre famille qui est, ainsi
que la sienne, une des plus anciennes de la région.
Mais nous n'avons aujourd'hui que les titres des
ancêtres et la demeure seigneuriale qui abrita tant
de générations qui ont marqué dans l'histoire. Au
milieu d'illustres souvenirs, ma mère et ma sœur
vivent humblement et sans se plaindre de leur infor-
tune présente. Je les ai quittées la mort dans l'âme,
avec l'espoir que mon nom m'ouvrirait quelques
portes. Voilà la raison de mon voyage.

— Mais nous nous occuperons de vous, cher enfant. N'est-ce pas, vicomte ?

M. d'Ampuis approuvait toujours.

Il était évident que Fleurange ne s'était pas trompé.

François de Montastruc avait trouvé deux protec-
teurs sérieux.

Il passa la nuit au château et, le lendemain, un
valet de chambre vint le prévenir que son maître
l'attendait pour faire, avant de déjeuner, une prome-
nade dans le parc.

Dès que le vicomte aperçut François, il lui tendit
la main :

— Je me suis demandé, lui dit-il, ce que je pourrais faire pour vous. Le métier des armes vous plai-
rait-il ? C'est le plus beau des métiers, mon jeune
ami.

— Certes, oui, Monsieur, mais un Montastruc ne peut pas servir comme simple soldat.

— Je comprends cela, mais nous aviserions. Mon frère ou plutôt mon demi-frère est colonel de chevau-légers. Il choisit ses officiers et je me fais fort de vous procurer un brevet de lieutenant.

— Un brevet de lieutenant, Monsieur : mais ce serait le commencement de la fortune ! Comme nous vous serions tous reconnaissants et combien il me serait doux, à peine arrivé à Paris, de pouvoir annoncer à ma mère une si consolante nouvelle.

— J'espère pouvoir lui en faire part moi-même et plus tôt peut-être que vous ne le pensez.

François de Montastruc s'inclina en mettant la main sur son cœur, comme pour l'empêcher de battre trop fort.

Le vicomte d'Ampuis, le meilleur des hommes, goûta la satisfaction d'avoir fait un heureux.

Une promesse de ce grand seigneur équivalait d'ailleurs à une réalité.

La cloche du château sonna et les deux promeneurs rentrèrent à pas lents.

Pendant le déjeuner, la vicomtesse fut instruite du projet qui venait d'être élaboré.

A son tour, elle approuva vivement son mari et elle décida que dans huit jours, François de Montastruc viendrait aux nouvelles.

Le déjeuner terminé, le futur lieutenant de chevau-légers prit congé de ses hôtes en leur exprimant toute sa gratitude et pour l'accueil qu'il en avait reçu et pour le haut intérêt qu'ils portaient à son avenir.

Le vicomte lui fit amener son cheval et il quitta le château où il avait entendu de si consolantes paroles.

Il dut traverser une grande partie de la forêt de Crécy qui commençait à l'extrémité du parc et qui appartenait aux d'Ampuis.

Une magnifique route, bordée d'arbres centenaires, et où se croisaient d'interminables allées appropriées aux chasses du seigneur, le conduisit à la petite ville de Crécy-sur-Morin ou Crécy-en-Brie, selon le choix des géographes.

Crécy est aujourd'hui un chef-lieu de canton, entouré de charmants villages, tels que La Chapelle, Villiers et Voulangis.

Ce fut jadis un bourg fortifié et dans quelques jardins des habitants actuels subsistent encore plusieurs vieilles tours de l'antique enceinte.

Le Grand-Morin, qui n'est après tout qu'une minuscule rivière, s'y divise en innombrables petits ruisseaux qui ont fait appeler Crécy la Venise Briarde.

François de Montastruc fut surpris de l'aspect si pittoresque de cette cité et il résolut de s'y arrêter quelques heures.

On lui indiqua l' *Auberge de l'Ours noir* comme seule digne du gentilhomme qu'il paraissait être et il s'y arrêta avec l'intention d'y passer la nuit.

L'hôtelier se chargea de son cheval et il sortit aussitôt pour aller faire un tour de ville.

Quand il revint, vers six heures, pour attendre le moment de se mettre à table, un petit homme bedonnant vint à lui et le salua avec les marques de la plus respectueuse considération.

Ce nouveau venu était maître Ledanseur, bailli de Crécy-sur-Morin.

L'honorable et ventru tabellion avait appris par un domestique du vicomte d'Ampuis que le jeune cavalier venait de coucher au château et qu'il avait été traité comme un égal par ses maîtres.

En effet, pour avoir reçu l'hospitalité dans une telle demeure, il fallait qu'il fût un personnage de distinction car, chez les d'Ampuis, on ne recevait que le dessus du panier de la noblesse.

Maître Ledanseur, après avoir fait une belle révérence, s'adressa au noble inconnu :

— Je ne sais, lui dit-il, à qui j'ai l'honneur de parler, mais je tiens à présenter mes humbles hommages à l'un des amis de notre bien-aimé vicomte. J'ai appris, Monsieur, que vous vouliez rester dans notre bourg au moins jusqu'à demain matin et je crois qu'il est de mon devoir de ne pas vous laisser dîner à l'auberge. Me ferez-vous la grâce d'accepter mon invitation ? Je suis bailli et tabellion de la vicomté.

— Mais trop heureux de vous faire plaisir, répartit le Cadet de Languedoc. J'accepte d'être ce soir votre convive et il sera dit que je n'emporterai de mon voyage que d'excellents souvenirs.

— Je vous remercie du fond du cœur ; pourrais-je savoir le nom du gentilhomme qui me comble de joie en acceptant mon hospitalité.

— Je suis, Monsieur le bailli, comte de Montastruc, et la comtesse, ma mère, est une amie d'enfance de Mme d'Ampuis.

Le tabellion eut un mouvement de surprise et d'orgueil. Il avait saisi l'occasion de faire sa cour à son seigneur dont sa fortune dépendait.

Il pria son invité de lui permettre d'aller donner quelques ordres et il revint sans tarder le prendre pour le conduire dans sa maison.

Elle était charmante, cette maison de bailli. Deux acacias très épais en ombrageaient le seuil et un long et vaste corridor la traversait, conduisant à un délicieux jardin bordé par un des bras du Grand-Morin, la gentille rivière qui fait le charme de Crécy.

Mais il y avait mieux que l'immeuble : c'était la femme du propriétaire.

En effet, François de Montastruc fut présenté à la plus piquante brunette qu'on pût rencontrer dans un si modeste bourg.

Mme Ledanseur lui sourit avec tant de grâce qu'il ne regretta pas d'avoir renoncé à la table d'hôte de l'*Auberge de l'Ours noir*.

Comme la sympathie répond à la sympathie, il se trouva que François de Montastruc fit le meilleur effet sur la femme du bailli.

Le jeune comte était véritablement enchanté de l'aubaine et il eut l'intuition que la piquante brunette pourrait bien le dédommager des dédains de la marquise de Vézérance.

Mme Ledanseur n'était pas seulement jolie à cro-

— MÊME CONSIGNE...

quer; c'était encore une excellente maîtresse de maison et moins d'une heure lui avait suffi pour faire préparer un excellent dîner.

Il n'était pas difficile de deviner que le bailli de Crécy était un vrai gourmet.

La chère fut exquise et les vins furent de premier ordre. Certainement, l'aubergiste de la localité ne pouvait rien offrir de mieux au voyageur passant.

François de Montastruc eut bientôt esquissé la physiologie du ménage.

Maître Ledanseur avait plus de cinquante ans et sa femme n'en avait pas encore trente.

Il s'était donc agi, pour celle-ci, d'un mariage de raison.

Sans aucun doute, elle avait donné sa main au tabellion, pour assurer son avenir. La différence d'âge était trop sensible pour qu'il en fût autrement.

Sans vouloir calomnier maître Ledanseur, il n'avait rien de bien séduisant et on ne comprenait pas, à première vue, une union si mal assortie.

Mais il y a eu de tout temps de belles filles sans dot et c'était ici réellement le cas.

Quelquefois, il faut le dire, la reconnaissance du service rendu persiste chez la femme qui a trouvé l'aisance chez un époux trop marqué.

Madame Ledanseur était-elle une ingrate ? Hélas, oui !

Ce n'est qu'au dessert que François de Montastruc s'aperçut que le bailli n'était pas aimé. Avait-il été trompé déjà ? Il n'est pas possible de l'affirmer mais, ce soir-là, il marchait à grands pas vers un état social si commun.

Le bailli de Crécy était trop gourmand pour être jaloux. Il mangea comme quatre et but comme cinq. Il ne faisait pas plus attention à sa femme que si elle n'existait pas, et celle-ci criblait de regards provocateurs le cadet de Languedoc.

François jubilait. Il ne détestait pas la lutte, mais il sentait, cette fois, qu'on lui faciliterait singulièrement la victoire.

Maître Ledanseur avait un petit défaut : il ne pouvait rester longtemps à table sans faire un tour de jardin.

La première fois qu'il s'absenta, le jeune comte fit un compliment bien tourné, un simple madrigal, qui fut aussi gracieusement reçu qu'un bouquet de roses.

Pendant la seconde absence, il prit les mains de la piquante brunette et lui déclara qu'il connaissait des duchesses qui n'en avaient pas de plus mignonnes.

Madame Ledanseur ne répondait rien, mais elle avait un fin sourire qui indiquait qu'elle attendait mieux.

Le bailli sortit une troisième fois.

Alors, François de Montastruc passa son bras autour de la taille svelte de Mme Ledanseur et, comme il n'éprouva qu'une insignifiante résistance, il la régala d'un baiser très anti-conjugal.

La jeune femme poussa un soupir qui semblait dire : enfin !

Comme si le tabellion voulait favoriser son malheur, il resta si longtemps au jardin qu'il paraissait y attendre des récoltes futures.

François de Montastruc, n'osant espérer une quatrième absence, n'hésita pas à préparer l'avenir, un avenir prochain :

— Vous êtes adorable, dit-il à la jeune femme. Je sens que je vous aime à la folie et je ne partirai pas sans vous le répéter à satiété. Nous n'avons pas un moment à perdre. Comment puis-je vous voir toute seule ?

Le bailli rentra sans précipitation et, comme s'il s'était chargé de répondre à la question de son hôte, il s'écria :

— Demain, après l'audience, je veux vous montrer les environs, Monsieur le comte. Vous ne me refuserez pas l'honneur de vous accompagner.

« Après l'audience » voulait dire qu'on pourrait causer pendant.

Cela ne faisait pas l'ombre d'un doute, excepté peut-être pour le magistrat rondelet qui venait d'ouvrir toutes grandes les portes à un coupable espoir.

— Après l'audience, répondit François, je serai tout à vous, monsieur le bailli. Disposez de moi. Crécy est une si aimable ville que je ne la quitterai pas sans connaître à fond ce qu'elle a de plus beau.

Il appuya sur ces mots : connaître à fond, et il regarda amoureusement Mme Ledanseur, que le baiser de naguère avait ensorcelée.

Avant de quitter ses hôtes, Montastruc demanda

au tabellion l'heure de l'audience qui devait être pour lui l'heure du berger.

— Je juge ordinairement de midi à quatre heures. Demain, à trois heures, ce sera chose conclue.

La piquante brunette ne put s'empêcher de rire aux éclats. Quant au galant chevalier, il sourit légèrement, pour ne pas accentuer le comique des circonstances et il pensa que c'était écrit.

Le comte rentra tout radieux à l'*Auberge de l'Ours noir*.

Mais il ne fut pas seul à faire des beaux rêves. Cependant, quelque facile qu'ait paru la conquête de Mme Ledanseur, elle n'était pas coutumière du fait.

Il est vrai que vivant au milieu de paysans, elle n'avait pas trouvé l'occasion de *conclure* une affaire.

Mais elle avait beaucoup souffert de son tempérament qui la portait à profiter de sa jeunesse et de sa beauté en une compagnie plus alléchante que celle de son inutile mari.

Elle avait essayé longtemps de lui inspirer quelques largesses, mais le pauvre Ledanseur ne comprenait que la table, et tout le reste lui échappait.

Le bailli ne cherchait pas à interpréter les regards avides qu'elle jetait sur lui aux premiers jours de l'union.

On eût dit un huissier à qui l'on demande un peu de pitié.

Mme Ledanseur n'avait connu du mariage que des promesses suivies d'une éternelle déception.

Un amour qui n'eût pas de suites avait occupé un instant son involontaire oisiveté.

Il y avait quelques années, on avait adjoint au vieux curé de la paroisse de Crécy un jeune vicaire, solidement râblé et capable, s'il l'avait voulu, de se faire un casuel qui n'était pas prévu par l'archevêché.

Mais ce beau garçon avait le respect de sa soutane, et il était convaincu qu'on ne doit pas faire le vœu d'être chaste pour le violer.

Un jour, dans le jardin du bailliage, il était seul avec Mme Ledanseur, et celle-ci lui demanda s'il voulait accepter sa confession.

Le jeune prêtre expliqua que ce n'était ni le lieu ni le moment.

Comme la femme du tabellion insistait, il lui dit assez brutalement :

— Parlez ! parlez donc !

La mariée qu'on négligeait par trop, lui avoua qu'elle était fatiguée de jeûner et, croyant trouver un consolateur, elle déclara qu'elle en avait assez.

L'abbé la regarda avec cet air de mépris qu'ont certains prêtres puritains pour la femme et il la quitta instantanément sans lui cacher le dégoût qu'elle lui inspirait.

La pauvre jeûneuse n'avait plus osé demander à personne l'aumône d'un baiser, mais tout vient à point à qui sait attendre.

Mme Ledanseur ne dormit presque pas : elle était impatiente de voir la terre promise qui, depuis si longtemps, semblait tous les jours s'éloigner un peu plus d'elle.

Après déjeuner, le bailli alla trouver ses justiciables.

Il n'était pas sorti depuis plus d'un quart d'heure que François de Montastruc se présenta.

Une vieille servante, qui paraissait toute dévouée à la jeune femme, l'introduisit au jardin où Madame se promenait, plus troublée et plus nerveuse que jamais.

La servante revint à sa cuisine, sans retourner la tête, afin de ne pas gêner le jeune gentilhomme.

François baisa la main qui lui était tendue et offrit son bras.

Mme Ledanseur parut se charger de l'itinéraire. Quelques minutes s'écoulèrent, et bientôt les deux amoureux étaient assis dans une charmille, assez près l'un de l'autre pour qu'un seul mot de leur dialogue ne fût pas perdu.

Du reste, ce dialogue ne fut pas long.

— Eh bien ! dit le comte ?

Après avoir reçu un baiser qui précisait la question, Mme Ledanseur répondit :

— Venez voir nos poules...

Le jeune coq ne savait plus où elle voulait en venir, mais il devait bientôt s'apercevoir qu'on ne se moquait pas de lui.

Derrière le poulailler, il y avait une grange. Au rez-de-chaussée, on ne voyait que des instruments de jardinage, mais il y avait une échelle qui conduisait

au premier et, au premier, une importante provision
de paille destinée au cheval de monsieur le bailli.

— Si vous voulez visiter tout notre domaine ! dit
Mme Ledanseur, montez, monsieur le comte.

— Après vous, dit-il, pour être plus sûr de « conclure l'affaire. »

— Je n'en ferai rien. Je suis chez moi.

La piquante brunette grimpa avec autant de légè-
reté que son cavalier.

On aurait pu s'installer dans un endroit plus confortable, mais à la guerre comme à la guerre.

Et pendant que maître Ledanseur rendait la justice,
il recevait le châtiment de son incurable négligence.

Tel fut l'agréable épisode du voyage de François
de Montastruc à Crécy-sur-Morin.

A trois heures, en faisant les cent pas sur la place
du village, il attendait le tabellion qui le plaignit
sincèrement de l'avoir abandonné : mais le devoir
avant tout.

Le jeune comte et son guide allèrent visiter les bords
du Morin, et le soir, François de Montastruc rendit à
l'*Auberge de l'Ours noir* son dîner à maître Ledanseur.

Le lendemain, comme il n'y avait pas d'audience,
le voyageur partit pour Paris où son ami Fleurange
l'attendait avec la plus grande impatience. Mais avant
de quitter Crécy, il avait sollicité la faveur de présenter ses respects à la charmante femme qu'il avait
gaillardement consolée.

Puis en serrant la main du bailli, mais en regardant

la belle attristée, il lui mit un peu de baume dans le
cœur en s'écriant :

— Non pas adieu, mais au revoir !

Tandis qu'il brûlait la route, maître Ledanseur, dé-
couvrant quelques brins de paille sur la robe de sa
femme, lui dit sévèrement :

— Tu n'as pas honte de te montrer ainsi devant un
ami de M. le vicomte d'Ampuis ? On dirait que tu as
fait une sieste dans la grange...

— Tu as presque deviné, mon ami. Je suis allée
dans la grange, mais je n'y ai pas dormi.

V

La route de Coulommiers à Paris, que devait suivre
notre fringant cavalier, traversait les villages de Villiers, de Saint-Germain, de Couilly, d'Esbly et de
Lagny.

Jusqu'aux environs d'Esbly elle longe le Grand-
Morin, la rivière qui chante si joyeusement au bord
de tous les jardins de Crécy, mais qui devient bientôt
silencieuse, désolée sans doute d'aller se perdre dans
les flots de la Marne.

Le Grand-Morin est aujourd'hui le but de tous les
Parisiens que séduit le sport inoffensif de la pêche à
la ligne. Il leur offre des occasions superbes, entre
autres des brochets d'une taille invraisemblable et
des carpes qui rivalisent de succulence et de gros-
seur.

François de Montastruc, qui emportait avec lui tant de doux souvenirs, l'amour d'une piquante brunette et l'espoir d'être bientôt officier dans les armées du roi, galopait joyeusement le long d'un ravissant chemin.

Il admirait au passage les délicieuses rives de la petite rivière, les vertes oseraies dont chaque branche était décorée par des liserons, sympathiques parasites qu'il n'était pas question de proscrire, les poétiques moulins qui, depuis que l'industrie les a remplacés par d'importantes entreprises, sont devenus muets et tombent en ruines l'un après l'autre, vaincus par les assauts du temps, et les humbles chaumières qui abritent les pauvres gens dont la paisible existence pourrait être enviée de tant de citadins.

Notre voyageur était tout à la joie qui s'épanouit au cœur de la jeunesse et les paysages qui l'entouraient décuplaient, par leur souriant aspect, son bonheur d'adolescent doublement servi par la fortune.

Il allait entrer dans Lagny lorsqu'il vit, sur le bord de la route, une bohémienne entourée de cinq ou six enfants en haillons qui jouaient ensemble, aussi contents de vivre que s'ils étaient nés sur les marches d'un trône.

Les cris bruyants de toute cette marmaille attirèrent l'attention du jeune comte qui, mû par un sentiment de pitié, descendit de cheval pour lui distribuer quelques pièces de monnaie.

Pendant que les petites mains, habituées à demander l'aumône, se tendaient vers lui, la mère, qui fabriquait une corbeille avec des branches d'osier, se leva précipitamment et fixant le gentilhomme de ses grands yeux noirs et profonds, elle lui adressa la parole :

— Monseigneur, lui dit-elle, grâces vous soient rendues pour votre générosité, mais dans notre tribu on ne mendie que lorsqu'on ne peut pas travailler. Je vous demande donc la permission, pour payer votre offrande, de vous dire la bonne aventnre.

— Ma bonne aventure ! Soit, Vous pouvez commencer.

— Il me faut votre main, la droite, Monseigneur.

— Voici ma main droite.

Et la bohémienne, après une minutieuse investigation, prononça lentement les paroles suivantes :

« Je regrette, Monseigneur, de m'être laissée guider par un sentiment de reconnaissance, car l'aveu que je vais vous faire ne vous sera pas très agréable. Cependant, je ne puis mentir : ce serait user indignement du pouvoir que j'ai reçu de connaître l'avenir. En étudiant votre main, je vois que l'amour vous a offert et vous offrira de nombreuses jouissances, mais si vous lui devrez beaucoup de joies, il se vengera de vos triomphes et c'est à cause de lui que vous périrez. »

La gitane regarda d'un air attristé le Comte de Montastruc, comme si elle souffrait de ce qu'elle avait prévu.

Le comte répondit simplement :

— C'est tout ?

— C'est trop, répliqua la bohémienne !

— Eh bien ! ajouta le cavalier en enfourchant sa monture, j'aime mieux mourir de la gracieuse main de l'amour que de celle de quelque médicastre.

Et il disparut dans la poussière que son cheval soulevait autour de lui.

Il ne lui fallait pas plus de deux heures pour gagner l'*Hôtel du Cygne* où il se sentait impatiemment attendu par son ami Fleurange.

Mais à Lagny, un assez divertissant spectacle devait l'arrêter un peu plus de temps qu'il n'aurait cru.

C'était la fête du couronnement de la rosière et tous les villageois envahissaient la rue.

Il se trouva sur le passage du cortège.

D'abord, une bande de ménétriers se présenta, et leur musique, quoique fort primitive, ne manquait pas d'un certain agrément.

Des airs de danse, pimpants et légers, retentissaient et, dans le lointain, à la queue du cortège, on percevait les chants joyeux de la foule.

Immédiatement après l'orchestre ambulant marchait, solennel et grave, le curé de la paroisse.

Il voulait indiquer, par sa présence, que l'église ne saurait se désintéresser de l'éclatant succès de la vertu, surtout à une époque où les jeunes filles atteignaient rarement leur dix-huitième année sans s'être oubliées dans quelque charmille d'auberge ou derrière une meule de foin.

Habitué à recevoir leurs aveux, le curé de Lagny savait à quoi s'en tenir.

Derrière lui, l'état-major de la paroisse : les enfants de chœur avec leur soutanelle rouge, un suisse avec sa majestueuse hallebarde, un bedeau tout de noir habillé, avec sa longue canne d'ébène, et enfin quatre chantres qui s'égosillaient pour faire valoir les avantages du plain-chant sur la musique profane des ménétriers de l'avant-garde.

Puis venaient une trentaine de couples, jeunes filles et jeunes gens de l'endroit qui se tenaient galamment par la main avec une gaucherie qui faisait sourire.

Quelques-uns d'entre eux paraissaient vouloir profiter de la circonstance pour se préparer un prochain rendez-vous et, à la façon dont leurs gentilles compagnes baissaient la tête, il était facile de supposer qu'ils ne leur demandaient pas de les accompagner dans l'aride sentier de la sagesse.

Après la jeunesse du pays, venait le groupe capital.

Il se composait du bailli de Lagny, plus gros encore que Maître Ledanseur, et qui, dans la présente fête, personnifiait l'autorité locale.

Avec une gravité comique, il donnait la main à une jeune fille de dix-sept ans à peine, toute vêtue de blanc, couronnée de roses et qui baissait modestement les yeux.

Elle était rouge comme une pivoine, mais il faut croire qu'elle ne rougissait pas parce qu'elle avait été

choisie pour recevoir les cent écus que le seigneur de
l'endroit accordait depuis un temps immémorial à
la rosière de l'année.

La vierge qui détenait le record de la résistance
aux invités sur l'herbe tendre était escortée de sa famille.

Enfin, derrière ce groupe principal, la population
se bousculait, visiblement émue par les circonstances et les libations qu'elles motivaient.

François de Montastruc suivit des yeux le rustique
cortège, pensa un instant à la jolie triomphatrice
qu'il aurait bien voulu rencontrer au coin d'un bois
pour la consoler de sa longue patience, et reprit sa
route, enchanté d'avoir vu tant de choses différentes
au cours d'un si petit voyage.

Il était parti de Crécy vers neuf heures du matin
et, malgré la consultation de la bohémienne et le
bruyant cortège qui l'avait immobilisé quelque
temps, vers une heure et quelques minutes, il descen-
dait au seuil de l'auberge du père Limagne.

Celui-ci, disparaissant sous un immense tablier
d'une admirable blancheur où se détachait un large
coutelas, Durandal des cuisiniers, vint souhaiter respectueusement la bienvenue à son pensionnaire.

Pendant qu'il remplissait ce devoir, Fleurange, qui
avait fait traîner son déjeuner, fut averti sans retard
de l'arrivée du comte.

Il se précipita à sa rencontre et les deux amis
s'embrassèrent, comme deux camarades s'embras-
sent après une longue absence.

Après cette effusion de sentiments fraternels, Fleurange interrogea François, profondément intéressé à entendre de bonnes nouvelles :

— Eh bien ! cher ami, la visite a été fructueuse ?

— Tout va bien ! répondit le voyageur, mais je meurs de faim.

Et s'adressant au père Limagne :

— Faites-moi servir n'importe quoi, mais pas de retard ou je déshonore votre auberge en mourant à jeûn.

Le père Limagne disparut dans la direction de la cuisine. Il n'était pas inquiet pour l'honneur de l'*Hôtel du Cygne*, toujours merveilleusement approvisionné de volailles froides, d'œufs frais et de bon vin.

— Cher ami, reprit le comte en entraînant Fleurange, montez avec moi, je vais vous raconter tout ce qui m'est arrivé. On a toujours besoin d'un confident, mais quand il est le dévouement en personne, comme vous, on n'a que du plaisir à lui ouvrir son cœur.

— En résumé, vous êtes content ?

— Je suis ravi !

Et pendant qu'il découpait une aile de poulet, François de Montrastruc commença son récit :

« J'ai été reçu comme un fils au château d'Ampuis. La vicomtesse s'est souvenue de ma mère avec une émotion dont je lui saurai gré toute ma vie. Le vicomte partagea tous ses sentiments et, à peine avais-je exposé ma situation, qu'il se chargeait de m'obte-

nir un brevet de lieutenant dans le régiment de chevau-légers dont son demi-frère est colonel. La façon dont il m'a promis ne me laisse aucun doute sur
le résultat de sa démarche. D'ailleurs, la vicomtesse
tenant au succès, c'est dire qu'il m'est acquis.

— Bravo, cher comte ! Vous êtes donc resté trois
jours au château d'Ampuis ?

— Non : j'y ai couché le soir de mon arrivée, et j'en
suis reparti le lendemain après déjeuner.

François de Montastruc se mit à rire.

— Une histoire galante ?

— Vous y êtes. Sur le parcours se trouve un bourg
ravissant qui a nom Crécy-sur-Morin. Je me décidai
à y passer la nuit. J'étais descendu à la principale
auberge lorsque, une heure avant de dîner je vis venir à moi un brave homme qui s'appelait drôlement
Maître Ledanseur et qui était à la fois le bailli et le
tabellion de Crécy. Il n'avait pas la gravité prover-
biale qu'arborent ses collègues, les juges et les no-
taires, et il me plut au premier aspect parce qu'il paraissait le meilleur vivant du monde. Il avait appris
par quelque domestique des d'Ampuis que j'avais été
l'hôte du château et, par déférence pour le vicomte,
son seigneur, il ne voulut pas me laisser dîner à l'auberge. J'acceptai son invitation. Malheureusement,
Maître Ledanseur, avait une femme très séduisante
et beaucoup plus jeune que lui. Il ne paraît pas que
cette accorte bourgeoise ait trouvé chez son mari le
serviteur qu'elle avait rêvé. Maître Ledanseur ne croit
qu'à la table, aux vins délicats et aux mets savoureux.

Sa femme à d'autres opinions sur la vie et, comme l'époux ne les partage pas, elle a essayé de me convertir à ses idées.

— Et la conversion a eu lieu?

— Dans une grange, pendant l'audience. Pendant près de trois heures, nous avons jugé qu'à jeune femme il faut jeune mari ou bien...

— Un cadet de Languedoc?

— Parfaitement. Je suis parti heureux et navré à la fois : heureux d'avoir appris à la plus piquante des brunettes qu'un bailli, même doublé d'un tabellion, a quelquefois besoin d'un suppléant et navré de ce qu'il n'y eut pas d'audience, le lendemain ni le surlendemain. La route de Crécy à Paris est absolument délicieuse. A Lagny, j'ai rencontré le cortège de la rosière : spectacle très gai... J'oubliais... j'ai rencontré aussi une bohémienne entourée d'enfants déguenillés qui jouaient entre eux. Je leur ai distribué quelque monnaie et, en échange, leur mère a voulu me dire ma bonne aventure. Elle a lu dans ma main que l'amour me comblerait de ses faveurs mais que je serais fatalement sa victime.

— Tôt ou tard?

— Elle ne m'a point parlé de l'heure. Je dois avouer qu'elle paraissait fort triste de me faire une telle prédiction.

— Avez-vous partagé sa tristesse?

— En Languedoc, on ne croit pas aux bohémiennes.

Et François de Montastruc se versa une rasade

LES DEUX COLOMBES!...

dans laquelle on aurait pu noyer les chagrins de toute une vie.

— Et vous, Fleurange, n'avez-vous rien à me raconter ?

— Moi ! Pendant toute votre absence, je n'ai pensé qu'à vous : si bien qu'avant-hier, croyant à votre retour, j'étais passé rue des Lombards, à l'heure où les modistes n'aspirent qu'à changer de genre de travail.

— Et vous avez vu nos aimables conquêtes de l'autre soir ?

— Si je les ai vues ? Je vous crois.. Je les ai même conduites à l'*Hôtel du Cygne* où je les fis très convenablement dîner. Hélas ! il faut être quatre pour une partie carrée, et nous n'étions que trois.

— Alors !

— Alors, pour ne pas humilier Madeleine, j'ai dit à Bertrande que je renonçais au bonheur de lui donner l'hospitalité chez moi, ne voulant être heureux qu'en même temps que vous. Les deux modistes se sont regardées avec un indéfinissable sourire. J'ai prié le père Limagne de leur donner une chambre à deux lits, et Bertrande, a répondu qu'un seul suffirait. Je les ai conduites chez elles et j'ai pris congé, trop préoccupé que j'étais de ce qui vous était arrivé. Au milieu de la nuit, je regrettai amèrement d'avoir été si dur pour Bertrande... et pour moi. Je ne fis ni une ni deux : je me levai et en m'approchant avec le plus de précautions possible de la chambre que notre aubergiste avait donnée aux jeunes filles, malgré l'heure avancée, j'entendis du bruit. Je collai l'oreille à la serrure et j'appris que ma présence n'était pas nécessaire. Bertrande et Madeleine causaient comme deux amoureux. Assurément, elles ne sont pas sœurs ; elles ne s'aimeraient pas ainsi !

Le jeune comte s'écria, en entendant ces révélations :

— Toute la lyre, alors ?

— Eh bien ! mon cher ami, je n'aurais jamais cru cela. L'autre soir, Bertrande m'a étonné par son attitude, et j'ai rarement reçu chez mes maîtresses un accueil plus chaleureux, et vous, que pensez-vous de Madeleine ?

— Mais je suis payé pour être de votre avis ! Elle m'a donné timidement plus que je ne lui en demandais. Je ne m'explique pas son dialogue avec Bertrande. Après tout, vous avez peut-être mal compris.

— Que nenni ! cher comte. Quoi qu'il en soit, le lendemain elles sont parties aussi contentes que si chacun de nous avait été à sa place respective...

— Pardonnez-moi, reprit François, si je passe à un autre ordre de conversation. Avez-vous revu l'abbé Lancelin ?

— Je l'ai revu hier.

— Que pense-t-il de mon éphémère préceptorat.

— Il pense que vous n'étiez pas né pour apprendre le latin et le grec même au fils de la marquise de Vézérance. Quant à celle-ci, vous me croirez si vous le voulez bien, mais elle a fait votre éloge au vicaire et elle a manifesté le désir de vous revoir. L'abbé m'a paru très intéressé à vous le faire savoir. Vous savez maintenant ce qui vous reste à faire.

François de Montastruc resta songeur. Après ce qui s'était passé, il ne pouvait y avoir de revirement qu'en sa faveur. Son audace de cadet de Languedoc reprit le dessus et il répondit à Fleurange :

— J'irai !

Que s'était-il passé chez la noble dame qui rappelait, par son apparente austérité, la prude et dévote marquise de Maintenon ?

Il s'était passé ceci : l'épouse inconsolable et la mère dont toutes les préoccupations ne portaient que sur l'avenir de son frêle enfant, avait été visitée par le démon de la tentation.

Elle n'avait pas encore quarante ans, elle était assez belle pour avoir jeté le trouble dans plus d'un cœur et, à partir du jour où le jeune comte avait failli se jeter à ses pieds, un désir coupable l'obsédait.

Elle l'avait d'abord chassé avec indignation, mais il était revenu, plus indiscret et plus ardent.

Veuve depuis plus de dix ans, elle avait supporté sans se plaindre la vie qui lui était faite par le destin ; elle s'était placée si haut dans l'estime des gentilshommes que d'anciennes relations mettaient en contact avec elle qu'ils n'avaient osé trahir leur admiration ou leur amour.

Et voilà que la chair l'emportait sur l'esprit et que des rêves inconnus planaient sur la couche de la pauvre marquise.

Si les désirs avaient été repoussés d'abord, les rêves furent plus puissants.

Un soir elle se dit :

— S'il était là, je serais perdue !

Le lendemain, elle fit un pas de plus vers la chute. Elle parla à l'abbé Lancelin, avec une sympathie presque touchante, de ce jeune gentilhomme exposé à souffrir de son orgueil, expliqua au bon prêtre son départ précipité par cet orgueil même et insinua que son rôle de bienfaitrice ne devait pas être si tôt fini.

L'abbé était à cent lieues de supposer la vérité : il ne pouvait supposer, dans sa candeur sacerdotale, que cette austère marquise qui avait si incontestablement renoncé à tout, qui fuyait les consolateurs avec un si hautain mépris, pût rebrousser chemin et chercher une aventure si invraisemblable.

Il ne pouvait croire enfin que « son rôle de bienfaitrice » irait jusqu'à faire à un jeune galant l'aumône de sa majestueuse beauté.

François de Montastruc, ému comme il ne l'avait jamais été, se présenta un après-midi à l'Hôtel de Madame de Vézérance.

La marquise, apprenant qu'il attendait sa réponse, eût un geste d'une extraordinaire nervosité et qui frappa beaucoup son vieil intendant.

Mais celui-ci n'y comprit rien, au contraire. Il pensa que sa noble maîtresse ne pouvait refuser de recevoir un gentilhomme, mais qu'elle le faisait à contrecœur. D'où l'indéfinissable mouvement qu'avait fait naître l'annonce de sa visite.

Le cadet de Languedoc entra.

Rien, dans son attitude, ne trahissait sa conviction d'être appelé pour être élu.

Au moment psychologique, il saurait bien user et même abuser de toutes ses ressources.

La marquise de Vézérance l'attendait, assise sur une vaste chaise-longue recouverte d'un splendide tapis des Indes, et tenant un vieux livre qu'elle n'avait pris que pour se donner une contenance.

Elle montra un fauteuil au jeune comte.

Il y eut un instant de silence. Qui des deux le romprait le premier ?

Ce fut François de Montastruc, et il eût, dès le début, l'habileté de ne pas montrer à Madame de Vézérance qu'il ne faisait que répondre à son invite :

— Je me suis donné l'honneur de me présenter chez vous, Madame, parce que je voulais vous remercier de la générosité avec laquelle vous avez récompensé quelques journées d'efforts.

La marquise avait laissé tomber son livre : elle baissait les yeux comme une jeune fille, attendant d'autres paroles mieux en rapport avec son état d'âme.

François de Montastruc comprit que la situation ne pouvait pas se prolonger et, en quelques mots suggestifs, il fit un retour sur le passé :

— Je crains encore, Madame, de vous répéter pourquoi je suis parti de votre maison qui me fut si hospitalière.

La marquise releva les yeux et, regardant bien en face son interlocuteur, elle s'écria sur un ton de prière:

— Redites-le moi, comte !

— Je suis parti, Madame, parce que j'étais si troublé près de vous et sous votre toit, que je ne pouvais
accomplir à votre gré la tâche que vous aviez daigné
me confier, parce que je ne pensais qu'à vous et *que*
je sentais bien que mon rêve ne serait jamais réalisé.
Je suis parti parce qu'un désir fou me torturait...

Mme de Vézérance écoutait cette déclaration avec
une joie suprême. Il y avait si longtemps qu'aucune
parole d'amour n'avait frappé son oreille, et depuis
que la femme avait reparu en elle, elle se sentait
vibrer comme aux jours les plus heureux de sa jeunesse.

— Et vous n'avez pas songé, comte, que j'avais
passé l'heure d'être aimée ? Voyons, mon ami, vous
êtes un tout jeune homme et je suis déjà une vieille
femme.

Le comte quitta son fauteuil et vint se mettre aux
genoux de la marquise. Il lui prit la main et la posa
sur son cœur qui battait à tout rompre.

— Voilà ma réponse, dit-il, en reportant à ses
lèvres la main qui avait senti toute l'ardeur de ses
sentiments.

Ce ne fut pas par une habileté de femme, par une
ruse d'amoureuse qui voulait donner le change, mais
soudain la marquise de Vézérance s'évanouit.

Le comte avait beaucoup entendu parler de ces
« vapeurs » opportunes que les grandes dames de
son temps trouvaient toujours à l'heure dite. Il crut
que la syncope était feinte et quand Mme de Vézé-

rance en sortit, elle laissa voir dans ses regards révélateurs que le médecin du roi lui-même ne l'eût pas mieux soignée.

Que les jeunes gens se défient des femmes de quarante ans !

Quand elles méritent encore d'être recherchées, et qui oserait nier le charme de l'automne ? quand ce sont des adolescents qui viennent recueillir les dernières vendanges de l'amour, les heures passent vite car il ne manque rien pour les rendre exquisement enivrantes, car les coupes sont assez pleines pour apaiser toutes les soifs.

Le vieil intendant trouva la visite un peu longue, mais il ne pouvait soupçonner la vérité.

Après la troisième entrevue, qui eût lieu huit jours après, il osa deviner.

Depuis, il ne traversa jamais le grand salon où était exposé un superbe portrait du marquis défunt sans hocher la tête.

Le cadet de Languedoc cacha à Fleurange ses amours avec Mme de Vézérance, mais celui-ci devina tout, supposant avec raison que toute confidence avait été interdite au comte par la reconnaissance respectueuse qu'il devait à l'abbé Lancelin.

Le lendemain du dernier rendez-vous de la marquise avec François de Montastruc, celui-ci partit pour le château d'Ampuis où il avait été décidé qu'il viendrait aux nouvelles.

En traversant la place du marché, à Crécy, où était située la maison du bailli, il aperçut à une fenê-

tre la jolie Mme Ledanseur. Il lui tira un grand coup
de chapeau et celle-ci répondit au salut avec son
plus gracieux sourire. En voyant le beau cavalier
s'éloigner rapidement, elle ne put se défendre d'un
sentiment de tristesse.

Au fond du jardin, il y avait bien encore la grange
secourable, mais, durant trois longs jours, il n'y aurait pas d'audience.

Malgré les sombres prédictions de la bohémienne,
François de Montastruc paraissait être né sous une
bonne étoile.

C'est ainsi qu'en arrivant au château d'Ampuis il
fut admirablement accueilli par la vicomtesse :

— Réjouissez-vous, cher comte, lui dit-elle du ton
le plus affectueux. Votre colonel chasse dans la forêt
de Crécy avec mon mari, et ce soir, nous dînerons
tous ensemble.

M. de Lascours, chef d'un |régiment de chevau-
légers, était issu du second mariage de Mme d'Ampuis, mère du seigneur de Crécy, de La Chapelle, de
Voulangis et autres lieux.

Il avait conservé avec son demi-frère les plus
affectueuses relations. Beaucoup plus jeune que lui,
il considérait le vicomte comme son meilleur conseiller et il avait toujours recherché les occasions de
lui être agréable.

Installé depuis l'avant-veille au château, M. de
Lascours avait déjà agréé la demande d'un brevet de
lieutenant pour le comte François de Montastruc,
descendant direct de deux maréchaux de France, et

dont l'illustre famille avait été liée de tout temps avec celle de Mme d'Ampuis.

Quand il revint de la forêt où il avait chassé toute la journée, la vicomtesse lui présenta le Cadet de Languedoc et, se tournant vers celui-ci, elle s'écria avec un triomphant sourire :

—Comte François de Montastruc, saluez votre colonel !

— Madame d'Ampuis l'a dit, Monsieur : désormais vous appartenez à mon régiment.

Pendant le dîner, M. de Lascours invita son nouvel officier à venir le trouver à son hôtel de la rue de Varennes, le mercredi suivant, à deux heures.

François de Montastruc ne partit que le lendemain, mais avant de lui faire amener son cheval, le vicomte d'Ampuis lui remit, avec tous les ménagements possibles, une lettre de change de trois mille livres sur un banquier de la cité.

Pour expliquer ce don, il ajouta :

« Vous allez être tenu à certaines dépenses pour votre équipement et je ne veux pas, mon jeune ami, qu'il y ait le moindre obstacle à votre installation. Avant de nous quitter, écrivez à Mme de Montastruc. Votre lettre partira avec celle de la vicomtesse, trop heureuse d'apprendre une bonne nouvelle à votre mère. »

Le jour qui doit combler de joie notre Cadet de Languedoc s'est enfin levé.

Ce n'est pas comme un quémandeur mais comme un gentilhomme de haute lignée qu'il se rend à l'hôtel de la rue de Varennes où habite M. de Lascours, colonel des chevau-légers de Sa Majesté Louis XV.

Il y est, en effet, reçu comme s'il était de la famille.

« Mon cher enfant, lui dit avec une bonté touchante l'homme qui peut lui ouvrir les portes de la fortune, vous êtes nommé par moi lieutenant aux chevau-légers. Demain, vous prendrez votre service. Soyez digne de l'honneur qui vous est fait. »

VII

Le colonel des chevau-légers qui a la confiance particulière du roi, qui est encore jeune et d'une bravoure exceptionnelle, M. de Lascours, a eu le plus grand malheur qui puisse frapper un galant homme.

Il a épousé, depuis bientôt douze ans, une sorte de Messaline blonde qui le trompe outrageusement.

Mme de Lascours appartenait à la famille des Faucinge d'Aurigny qui a compté dans ses rangs des hommes supérieurs, conseillers de la couronne ou magistrats, remarquables par leur culture et par leur intégrité.

Le brillant soldat pouvait donc sans mésalliance offrir son nom à Mlle de Faucinge.

Mais, dans cette grande famille, il y avait une tare persistante.

De mère en fille, les femmes y étaient rien moins
que chastes et, à peine étaient-elles sorties du couvent, qu'elles entraient dans la carrière de la galan-
terie, sans se préoccuper le moins du monde des
éclaboussures qu'elles faisaient rejaillir sur le front
de leurs époux.

Tous les chroniqueurs et tous les annalistes qui
ont étudié et consigné les vices de la société sous
l'ancienne monarchie, les Brantôme, les Gourville et
les Saint-Simon dont les mémoires abondent en
anecdotes scandaleuses, ont constaté que les dames
et les demoiselles issues des Faucinge d'Aurigny semblaient créées pour éterniser les traditions de luxure
qui commencèrent au paradis terrestre.

Trois de ces impures patriciennes ont laissé un
souvenir qui ne saurait véritablement attendrir que
les vieux marcheurs.

Elles s'appelaient Thérèse de Marsac, Edwige de
Poulan et Antoinette de Lieursaint.

Thérèse de Marsac florissait sous Henri IV. Etant
demoiselle d'honneur, elle fit ses premières armes au
château de Lescure, où se rendait fréquemment le
plus rabelaisien de nos rois. L'illustre vert-galant
l'avait remarquée, mais comme l'un de ses pour-
voyeurs habituels, chargé d'un rapport tendant à
évaluer les conséquences d'une séduction, avait
appris de source certaine qu'un laquais avait été
l'initiateur de Thérèse, le panache blanc ne voulut
pas être en concurrence avec la livrée.

Quand Mlle de Faucinge d'Aurigny fut devenue

comtesse de Marsac, profitant de la situation de son mari, trésorier en Normandie, elle s'afficha publiquement avec le comte d'Orval, intendant général de la province. Son dernier amant fut un chanoine de Rouen qui n'était peut-être pas aussi éloquent qu'Abailard mais qui n'avait pas été dépossédé de ses moyens d'action.

Elle mourut jeune encore après avoir distribué ses faveurs aussi largement que possible à l'administration et au clergé.

Sa fille, qui devint Mme de Poulan, habita longtemps un château dans le Dauphiné.

Elle avait la spécialité des villageois bien taillés et plus d'un garçon de ferme lui dut des ivresses inespérées. Elle se fit enlever par un commis des gabelles et revint au domicile conjugal, près d'un époux débonnaire qui la laissa recommencer ses tournées auprès des beaux gars des alentours. A la fin de ses jours, quand ses cheveux blancs effrayèrent les moustaches noires, elle devint très dévote. Il était trop tard pour que son repentir fût efficace.

Antoinette de Lieursaint vivait sous Louis XIV. Elle avait été remarquée à la cour d'où elle disparut après un duel retentissant entre le marquis d'Andignac et M. de la Redoute.

Ces deux gentilshommes avaient cru la prendre l'un à l'autre, mais quand l'un d'eux se fût assuré qu'il était bien le premier soupirant accueilli, par ordre chronologique, il chercha querelle à son rival : c'est M. de la Redoute qui succomba.

Il n'avait pas trente ans et c'était un des plus élégants cavaliers de l'entourage royal.

A la suite de ce duel si malheureux, Antoinette de Lieursaint dut suivre son mari dans ses terres où elle fut d'une intarissable bonté à l'égard des châtelains des alentours.

Pour qui connaissait ce passé de débauches et d'adultères, il y avait tout à craindre d'une Faucinge d'Aubigny.

Mais celle qui devait si dignement continuer la race, prendre dans ses filets M. de Lascours et s'en faire épouser était la plus ravissante créature qu'on pût rêver.

Elle était grande et svelte, et possédait d'admirables cheveux blonds où se jouaient des rayons d'or.

Elle avait une poitrine merveilleuse, des épaules de déesse, une démarche et des attitudes vraiment royales.

On ne pouvait la voir sans l'admirer, et de l'admiration à l'amour il n'y avait qu'un pas.

M. de Lascours le franchit sans songer aux menaces de l'atavisme.

La lune de miel dura quelques mois. Au bout de ce temps, Mme de Lascours aspira à d'autres félicités.

Les mœurs du temps favorisaient singulièrement cette course à des bonheurs nouveaux.

La première liaison qui fit bavarder la cour mit en scène l'abbé Mauvoisin, dont les poésies légères obtenaient alors le plus grand succès.

C'était un bellâtre, très infatué de son talent qui étaient réellement à la mode.

Comme ses madrigaux faisaient le tour de la ville, les plus grandes dames se disputaient son inépuisable marivaudage.

Il était, en outre, fort bel homme, ce qui n'était pas fait pour diminuer le nombre des muses qui aspiraient à l'inspirer.

Un soir, chez la baronne d'Ostranges, il y avait une réunion nombreuse et très choisie.

L'abbé Mauvoisin était très entouré car il lisait ses dernières productions.

Assise à l'écart, la jeune Mme de Lascours écoutait à peine. Elle préférait la prose aux vers.

L'abbé-poète, s'étant aperçu de cette indifférence, se rapprocha insensiblement de la jeune femme, entraînant dans son déplacement calculé les jolies mondaines qui l'écoutaient.

L'une d'entre elles, quand sa lecture fut terminée, lui reprocha de n'avoir jamais rien écrit en son honneur.

— Je vous ferai un quatrain, madame.

Sur ces paroles, Mme de Lascours se leva.

Debout devant le poète qu'extasiait sa merveilleuse beauté, elle le toisa presque dédaigneusement et lui dit à brûle-pourpoint :

— Et à moi, qu'est-ce que vous allez me dédier ?

C'était presque un ordre.

L'abbé Mauvoisin s'inclina très bas.

— A vous, madame ? dit-il en se dressant. A vous,

je ferai tout un poëme, si je m'appelais Racine !

Les belles dames furent tout interloquées d'un pareil compliment car aucune d'elles n'en avait reçu de semblables.

Mme de Lascours profita de l'ahurissement général pour entraîner l'abbé dans l'embrasure d'une fenêtre.

Elle avait vu briller le désir dans les yeux du jeune prêtre ; elle avait mesuré sa stature, constaté sa force et sa mâle beauté et, quand ils furent à l'écart du cercle brillant qui les regardait sans qu'on pût entendre un mot de leur conversation, la jeune femme dit tout bas au bel ecclésiastique :

— Vous me demandez ce que vous devez me faire ? Eh bien ! je réponds franchement : Faites-moi la cour !

L'abbé Mauvoisin n'y manqua pas. Pendant près d'un an, il ne fit plus de vers.

Il fut donc le premier amant de Mme de Lascours.

Quand elle l'abandonna à ses madrigaux, il paraissait avoir dix ans de moins.

Elle avait tari sa verve et, malgré la part qu'elle avait prise à la conversation, elle était plus idéalement belle que jamais.

Le duc de Richelieu, dont les bonnes fortunes ne se comptaient plus, éprouva subitement une irrésistible passion pour la splendide maîtresse de l'abbé Mauvoisin.

Mais le duc était l'ami de M. de Lascours et il ne voulait engager la lutte qu'à la condition de ne jamais être soupçonné.

Il se déclara pourtant, mais avec la circonspection d'un diplomate.

Mme de Lascours était très flattée de se voir recherchée par celui qu'on appela le don Juan du règne. L'ayant réellement hypnotisé, dans les salons, elle se plaisait à se faire suivre comme un petit chien afin de faire comprendre aux beautés professionnelles qu'elle était encore la charmeuse par excellence.

Le duc obtint enfin un rendez-vous au château d'Oléon, situé dans la vallée de Chevreuse, et où M. de Lascours devait passer avec sa femme tout le mois de septembre.

— Vous pouvez venir, cher duc. Je m'ennuierai trop là-bas pour n'avoir pas besoin de combattre mon ennui. Je vous ferai savoir par un mot de quel côté de la forêt qui nous entoure je me promènerai chaque jour avec une suivante dont je suis sûre. Mais prenez un déguisement. Quel qu'il soit, je vous tiendrai compte de votre ingéniosité. Il y a des adorateurs dont mon mari ne se préoccupe pas, mais si son ami le duc de Richelieu était convaincu de lui avoir pris sa femme, il le tuerait sans pitié.

— Vous me montrez le ciel, Madame. Soyez tranquille : j'y entrerai sans être vu.

Mme de Lascours était à son château d'Oléon depuis trois jours seulement lorsque accompagnée de sa fidèle camériste, elle se promenait dans une des grandes allées de la forêt voisine, véritable merveille de son domaine.

Comme elle s'était engagée dans un sentier, elle

MONTEZ

vit apparaître un garde-forestier qui lui barra la route en s'écriant :

— On ne passe pas, Madame !

— Vous vous méprenez, brave homme. Je suis ici chez moi : je suis Madame de Lascours. Vous ne connaissez donc pas vos maîtres ?

— Et moi, dit le garde, en arrachant une fausse barbe, je suis le duc de Richelieu !

— Laisse-nous, dit la châtelaine à sa suivante.

— Cette fois, reprit le duc...

— J'ai donné ma parole.

Et les deux amoureux cherchèrent un asile pour causer plus à leur aise.

Ils s'arrêtèrent dans une hutte abandonnée par des charbonniers.

Telle fut l'unique rencontre du duc de Richelieu avec Mme de Lascours.

Le faux garde-chasse eut une véritable occasion, mais il n'y eut pas de récidive parce que le livre ne valut pas la préface.

Nous n'en finirions pas si nous voulions dresser la liste des amants de la femme de l'infortuné colonel.

Et elle n'avait guère plus de vingt-huit ans au moment où le comte François de Montastruc pénétra chez elle pour la première fois.

Le nouvel officier avait été pris en grande affection par M. de Lascours.

C'était le plus jeune du régiment et le colonel de chevau-légers, qui adorait la noble profession des

armes, était heureux d'avoir à sa table un arrière
petit-fils d'un maréchal de France.

Il y avait encore une autre cause à sa sympathie.
M. d'Ampuis était son seul parent et il avait pour lui
un véritable culte.

François de Montastruc était le protégé du vicomte,
donc il devait être aussi le sien.

Dès les premiers moments, Mme de Lascours ne
fit qu'une médiocre attention au petit cadet de Languedoc.

Mais bientôt le jeune comte se fit remarquer par
son esprit primesautier, qui éclatait à chaque instant,
malgré toute la déférence qu'il témoignait à ses
hôtes.

François de Montastruc savait, par ses camarades
de régiment, l'histoire de quelques amours de la
femme du colonel.

Tous ses compagnons en avaient de nouvelles à lui
conter chaque fois que les hasards du service leur
laissaient des loisirs.

Un jour, le cadet de Languedoc s'avisa de remarquer que la belle impure était bien réservée à son
égard. Pourtant, il en valait beaucoup d'autres et il
avait quelques brillantes conquêtes à son actif.

Il se promit de tenter l'aventure.

Devant une jolie femme, il oubliait tous les services
rendus.

D'un autre côté, il s'était fait un raisonnement qui
soulageait sa conscience.

« Puisque Mme de Lascours ne s'est jamais refusé

une fantaisie, puisqu'on prétend, sans que personne trouve qu'on la calomnie, qu'elle a fait tant de passions et qu'elle ne s'est jamais privée de satisfaire ses désirs impérieux, je ne vois pas pourquoi je ne m'inscrirais pas sur une interminable liste où mon nom se perdra dans le nombre. Certes, si elle avait été la femme impeccable, la Lucrèce des chevau-légers, je commettrais un crime en essayant de dénouer sa ceinture. Mais puisque son mari est trompé sur toutes les coutures, qu'importe une pierre de plus dans son jardin !

Voilà ce que disait, pour excuser son ambition, le subtil cadet de Languedoc.

Cependant, il n'était pas sans inquiétude au sujet de son succès.

Le « choc » n'avait pas eu lieu, au contraire.

Mme de Lascours lui parlait comme à un écolier, gentiment, mais sans aucune attention apparente de lui plaire.

Elle l'appelait « petit comte » et, un peu plus, elle lui aurait fait emporter des dragées.

C'était humiliant, à la fin, de se voir traité ainsi par une femme de feu, lui qui avait eu raison de l'austère marquise de Vézérance.

Une fois, elle l'avait appelé « cher enfant ». Il avait été sur le point de l'appeler « petite maman ».

En somme, Mme de Lascours ne considérait pas comme un sérieux partenaire le comte François de Montastruc.

Si c'était pour être agréable à son mari qu'elle

paraissait aussi indifférente à son égard, l'excuse était valable.

Elle pouvait aussi se trouver liée d'un autre côté.

Dans les deux cas, il n'y avait qu'à attendre.

Pour prendre patience, le jeune comte voyait souvent Fleurange. Fleurange voyait Bertrande, et d'ici, vous voyez surgir la timide Madeleine.

A la vérité, Mme de Lascours n'était pas aussi dédaigneuse qu'elle voulait le paraître.

Elle trouvait François très agréable et très spirituel. Il avait dans le regard un incontestable charme et, bien qu'il fût encore très jeune, il paraissait capable de plaire beaucoup et longtemps.

Ces réflexions faites, la jeune femme manœuvrait adroitement pour que son mari n'eût jamais la pensée de se défier de son lieutenant.

Un soir, pendant le souper, auquel François de Montastruc était seul invité, une estafette porta un pli pressé au colonel des chevau-légers.

Il s'agissait de l'organisation d'un service pour le lendemain, à propos de la représentation d'un ballet au palais de Versailles.

M. de Lascours se leva pour aller immédiatement prendre ses mesures et il pria son protégé de tenir compagnie à sa femme jusqu'à son retour.

Le colonel espérait n'être absent qu'une heure à peine, mais comme il y avait ordre du roi, il ne pouvait recourir à un officier novice.

Voilà donc, pour la première fois, Madame de Lascours en compagnie du cadet de Languedoc.

Quelque bonne opinion qu'elle eût du jeune comte, elle ne le croyait pas d'esprit si déluré.

La porte de la salle à manger était à peine fermée sur le colonel que la conversation fut engagée dans un sens qui n'avait pas été prévu :

— Savez-vous des nouvelles de la cour, petit comte, dit Mme de Lascours en lui souriant comme elle ne l'avait encore jamais fait ?

— Non, Madame. Rien ne m'intéresse là-bas.

— Et ici ?

— Ici, tout !

— Je crois bien, petit comte. Votre avenir dépend entièrement de votre colonel.

— Je ne suis pas pour l'avenir.

— Ah !

Elle poussa cette exclamation très naturellement, et il y avait dans son accent une surprise qui n'était pas feinte.

— Vous êtes pour le présent, dites-vous, et qu'entendez-vous par ces mots ?

— J'entends par ces mots, Madame, que je donnerai toutes les années qui me restent à vivre pour l'heure que je rêve.., inutilement sans doute.

— Et avec qui voudriez-vous la passer, cette heure qui contient le bonheur de toute votre existence ?

— C'est vous qui me posez cette question ? Oh ! Madame, je sais bien, et j'en meurs, que je n'ai pu vous inspirer que l'amitié d'une grande sœur.

— Vous voudriez quelque chose de plus ?

— Je voudrais.

François de Montastruc n'acheva pas. Il attendait l'ordre de continuer.

Mme de Lascours approcha son fauteuil du sien et, sans dire un mot, elle tendit son beau visage au petit comte.

Oh ! le baiser qu'elle accordait ne devait pas être celui d'un innocent.

Les lèvres du lieutenant se collèrent sur les lèvres de la colonelle et, pendant ce temps, son bras serrait violemment sa taille, comme pour s'assurer de plus près si un tel baiser faisait battre le cœur.

Mme de Lascours se laissait aller à cette ardente caresse et ses yeux allumés par le désir, brillaient comme s'ils n'avaient jamais brillé devant l'amoureux encouragé.

— Dire, s'écria François, que vous ne m'aimez un peu que d'aujourd'hui ! Ce n'est pas juste : moi, je vous adore depuis que je vous ai vue pour la première fois.

Tout entière à sa passion nouvelle, excitée par le long baiser qui lui avait brûlé la chair, la jeune femme ne répétait que ces mots :

« Petit comte, cher petit comte ! »

Un bruit quelconque se fit entendre dans l'antichambre.

Bien que ce ne fût qu'une fausse alerte, Mme de Lascours reprit sa place.

Ce soir-là, il était impossible de ne pas se borner à une simple conversation.

La colonelle, bientôt remise de son émotion, regardait le jeune homme, encore tout ravi d'une aussi élégante caresse.

— Je vois que nous nous aimerons, petit comte, bientôt, bientôt, mais je ne suis pas libre. Ah ! que je voudrais être sûre d'avoir votre premier amour !

— Il faut oublier le passé, Madame. Sans cela…

— Je ne vous comprends plus, cher comte. Est-ce que vous seriez jaloux de M. de Lascours ?

Pas de lui, Madame !

Cette fois, la porte de l'hôtel s'était refermée bruyamment. Le colonel était de retour.

François de Montastruc prit congé et, comme de coutume, d'un geste nonchalant, Mme de Lascours lui tendit la main en disant :

— Bonsoir, petit comte !

Quand le lieutenant fût rentré chez lui, il se jeta tout habillé sur son lit :

« Enfin, se dit-il, elle est à moi ! Oh ! qu'elle était belle quand je l'étreignais, quand sa bouche pressait la mienne, quand son cœur battait si près du mien ! Quelle sirène que cette femme ! Et dire que je l'ai presque flagellée avec le souvenir du passé ! Il me semblait que personne ne devait jamais avoir eu le droit de la serrer dans ses bras, de la voir soumise et vaincue devant le baiser victorieux ! Eh bien ! oui, je suis jaloux des autres. J'ai aimé les femmes jusqu'à ce jour : maintenant j'aime une femme, et je sens que mon amour me perdra. La bohémienne a prédit mon malheur ! Eh bien ! pourvu qu'elle m'appartienne, qu'importe de mourir bientôt, si je dois mourir par elle. »

Dans sa chambre, Mme de Lascours rêvait. D'abord, elle se mit à sourire en songeant à l'étrange reproche que lui avait fait le petit comte. Puis, elle ne souriait plus car elle se souvenait du regard enflammé qui avait accentué sa parole cruelle. Puisqu'il lui avait déclaré avec tant de franchise dans l'accent qu'il l'aimait dès le premier jour, n'était-il pas naturel qu'il ait souffert au récit de sa vie galante qui n'était pour personne un mystère ? Elle se proposait de le consoler en l'aimant bien à son tour et en même temps, ô femme ! elle se disait qu'un amour si tôt furieux lui procurerait une ivresse qu'elle avait vainement ambitionnée.

Et elle cherchait le moyen de revivre cette heure délicieuse où un jeune homme, presqu'un enfant, l'avait dominée de sa passion farouche, se sentant assez sûr du triomphe pour l'insulter avant de l'avoir conquise.

Le matin, elle s'était levée, maîtresse d'elle-même, avec le dédain des hommes, dont aucun n'avait su l'enchaîner à son cou ; et, le soir, elle ne dormait pas, tant sa chair était troublée par le baiser et par le regard du cher petit comte.

Quand pourrait-elle se donner sans réserve à celui dont elle voulait se faire un jouet, un galant de passage, pour les jours où la diète serait trop dure, et que, maintenant, ses bras attendaient, frissonnants d'impatience ?

Le sommeil la prit enfin, mais il ne laissa pas son cœur en repos.

La clémence du rêve conduisit près d'elle le beau lieutenant et elle le pressa si fort sur sa poitrine hâletante qu'un brusque réveil vint la convaincre du mensonge de ses sens.

Quand l'aube blanche vint dissiper sa tristesse, des larmes ruisselaient comme des perles sur son sein qui palpitait encore, comme si l'étreinte suprême avait eu lieu.

Quant au cadet de Languedoc il n'avait pas voulu dormir et, pendant toute la nuit, il se creusa la tête pour que sa belle maîtresse, regrettât bientôt de l'avoir trop longtemps dédaigné.

VIII

Trois jours après la scène très amoureuse, mais forcément incomplète, qui s'était passée dans la salle à manger de l'Hôtel de Lascours, le colonel revint au logis avec François de Montastruc.

Il arrivait au moment du dîner et on se mit à table.

Monsieur de Lascours, qui n'était pas la gaîté même, sans doute parce qu'il ne pouvait douter de la destinée inévitable qui lui était faite par son imprudente alliance avec les Faucinge d'Aubigny, semblait un peu moins absorbé que de coutume.

Il croyait avoir remarqué que sa femme avait pour

lui un sourire plus affectueux et des prévenances dont il avait été sevré depuis longtemps.

Pour lui parler des choses les plus insignifiantes elle trouvait des mots très doux qui résonnaient délicieusement à son oreille d'époux sacrifié.

Il s'était résigné comme les hommes qui ont tout perdu de leurs illusions et il s'était consolé des désenchantements de la vie par un inaltérable dévouement à son roi.

Cependant, la transformation toute récente de sa femme lui avait fait un bien infini.

Et il se laissait bercer par l'espoir de la reconquérir puisque, à ne pas s'y méprendre, elle lui témoignait des sentiments qu'il ne lui avait connus qu'aux jours déjà lointains de leurs premières amours.

Le colonel aspirait donc à une réconciliation conjugale et il croyait fermement que sa femme pourrait bien s'y prêter.

Devant le monde, cela va sans dire, leurs rapports étaient d'une extrême correction, mais le soir, chacun rentrait chez soi comme s'il n'y avait aucun motif plausible de passer la nuit ensemble.

M. de Lascours escomptait donc un rapprochement, et l'idée de réussir avait subitement changé son humeur.

Au lieu d'assister à la conversation, rêveur et presque sombre, il y prit part.

En vérité, c'était un autre homme.

L'attitude de Mme de Lascours n'était qu'une habileté de femme.

Passionnément éprise du cadet de Languedoc, elle voulait réduire à néant toute cause de séparation, et elle avait pris le savant parti, celui de donner à son mari quelques gages qui lui seraient précieux. François de Montastruc avait remarqué ce revirement.

Il était trop rusé pour ne pas en tirer les déductions logiques.

Donc, trompé une fois de plus par la politique féminine, le colonel avait chassé les noirs soucis et retrouvé son caractère d'autrefois et, en causant, il manifestait une incontestable bonne humeur.

En parlant du jeune comte, Mme de Lascours disait quelquefois « le gentilhomme Gascon ».

La faiblesse de ses études géographiques ne lui avait pas permis de faire une distinction entre le Languedoc et la Gascogne.

Le lieutenant semblait offensé de la confusion.

— N'est-ce pas, mon colonel, n'est-ce pas, disait-il avec la conviction d'obtenir une réponse satisfaisante, qu'il y a une différence notable entre les Gascons et les Languedociens ?

— Enorme, mon ami, énorme ! Les Languedociens ont toutes les qualités des Gascons et ils n'en ont pas les défauts.

— Vous voyez, Madame, ajoutait François, vengé par les paroles de son chef !

— Je veux, reprit le colonel, vous raconter la véridique histoire d'un Gascon que j'ai entrevu.

Et M. de Lascours narra ainsi les aventures d'un compatriote de d'Artagnan.

« Roland de Tersac appartenait à une vieille famille de Gascogne, où chacun sait ça, toutes les familles remontent au déluge.

Malheureusement pour lui, tous ses aïeux avaient, l'un après l'autre, grignoté une bonne part du patrimoine qu'ils avaient reçu, si bien qu'à l'époque où commence ce récit, la maison de Tersac était dans une gêne voisine de la misère.

Autour d'un château lamentable, les de Tersac considéraient encore comme leur appartenant — ce qui n'était pas absolument prouvé — une forêt de chênes, mais comme la famille ne se nourrissait pas de glands, il y avait des jours où la pitance faisait absolument défaut.

Quand Roland de Tersac eût atteint ses vingt ans, il demanda à son père de lui donner sa bénédiction et, dès qu'il l'eût reçue, il rassembla quelques hardes, prit une longue rapière et partit pour Paris avec l'espoir d'y faire une rapide fortune.

La capitale éblouissait déjà tous les esprits et, dans la noblesse pauvre, on rêvait de se faire à la cour une place enviée.

Roland arriva un beau matin par le coche d'Orléans et descendit à l'auberge du *Cheval blanc*.

Cette auberge avait quelques chambres garnies et une table d'hôte où se réunissaient quelques pensionnaires appartenant à diverses professions.

Deux d'entre eux, Valentin Michon et Nicolas Poupardier, devinrent, dès le premier jour les amis de Roland de Tersac.

Valentin Michon était chantre à Notre-Dame et, par respect pour les chanoines de l'insigne métropole, il avait le plus respectable des ventres.

Nicolas Poupardier, au contraire, était maigre comme un échalas.

Le chantre était bourguignon, le basochien, normand, et ils formèrent avec le Gascon un remarquable trio.

Valentin Michon croyait représenter le clergé; Nicolas Poupardier, la magistrature, et Roland, la noblesse, de façon que trois grandes classes sociales habitaient, au *Cheval blanc*, des chambres très indignes d'elles.

Après une vie assez malheureuse, Roland reçut une lettre de recommandation pour M. de Vogely, trésorier du roi, en retraite, et remarié, à soixante ans, avec une exquise blondinette, fille d'un drapier de Rouen.

M. de Vogely s'occupait d'un grand livre sur les maris trompés, depuis Ménélas jusqu'à nos jours.

Comme il était très goutteux et d'une extrême myopie, il avait besoin d'un secrétaire pour aller acheter les bouquins dont il avait besoin, pour classer les notes, enfin pour tout ce qui concerne le métier de secrétaire d'un homme de lettres.

L'historien de l'infidélité des femmes accueillit Roland de Tersac avec une grande bienveillance.

Il lui offrit six cents pistoles d'appointements, le gîte et le couvert.

C'était une situation inespérée et le Gascon accepta

avec les marques de la plus vive reconnaissance.

Et cependant, il ne se doutait pas encore de tout son bonheur !

Le lendemain, il prit possession de son emploi et quand, vers midi, un valet de chambre vint annoncer à son maître que le déjeuner était servi, Roland lui offrit le bras pour passer dans la salle à manger.

Quelle ne fut pas la surprise du Gascon quand il aperçut, déjà assise et en train de grignoter des olives, une ravissante femme de vingt-cinq ans environ !

— Mon nouveau secrétaire, dit M. de Vogely, en présentant le Gascon.

Celui-ci s'inclina jusqu'à terre et il ne put voir l'effet qu'il produisait sur la maîtresse de céans.

Mme de Vogely avait été frappée de l'élégance et de la distinction de Roland.

Elle lui avait trouvé la mine conquérante.

Vous devinez ce qui se passa. Je ne veux pas insister.

Roland de Tersac passa trois ans chez M. de Vogely, et, le croiriez-vous, il avait fait des économies.

Ayant l'escarcelle pleine, il se mit à chercher les occasions de dépenser son argent.

Il alla dans les cabarets et ne tarda pas à devenir joueur.

Dès qu'il se fût laissé séduire par la passion des cartes, il fut perdu.

Le gentilhomme qui avait tant plu à Mme de Vogely devint un bohème, son cœur s'abaissa jusqu'aux expédients et il devint le héros d'un véritable roman comique.

En quelques mois, il fut décavé, et ce n'est pas drôle de se trouver sans un rouge liard sur le pavé de Paris.

Il lui arrivait souvent de n'avoir pas de quoi se faire raser.

Dans ces douloureuses circonstances, il avait adopté un moyen qui lui réussissait presque toujours.

Il commençait par se faire faire la barbe, puis il commandait une belle perruque.

— Qui me dit, s'écriait alors le barbier, que vous viendrez chercher cette perruque et que vous ne me la laisserez pas pour compte ?

— La preuve que je reviendrai, répondait le Gascon, c'est que je ne vous paie pas cette façon de barbe.

Il sortait fier comme Artaban, et le tour était joué.

Il avait, naturellement, toutes les peines du monde à entretenir sa garde-robe et, la plupart du temps, il paraissait si besogneux qu'on était tenté de lui faire l'aumône.

Un jour, il avait rencontré un ancien magistrat qu'il avait connu à la table de M. de Vogely.

C'était en plein hiver, et de Tersac portait un pauvre pourpoint d'été sous lequel il devait littéralement geler.

— Comment faites-vous, mon cher Roland, lui dit le magistrat, pour ne pas mourir de froid.

— Ah ! voilà, mon président. Vous n'avez qu'à faire comme moi pour vous garantir des frimas ; vous n'avez qu'à porter sur vous toute votre garde-robe.

La garde-robe du magistrat était, en effet, mieux fournie que celle du Gascon.

Une autre fois, de Tersac ne put éviter à temps un cavalier qui le frôla et renversa son chapeau dans la boue.

Le cavalier fit volte-face pour s'assurer qu'il ne l'avait pas blessé.

— Cadédis, monseigneur, dit Roland, j'aurais mieux aimé que vous m'ayez traversé le corps que de voir mon chapeau en si piteux état.

— Et pourquoi cela, Monsieur?

— Parce que j'ai crédit chez le chirurgien et non pas chez le chapelier.

Pour manger tous les jours, de Tersac dut s'imposer comme parasite chez les quelques personnes qui daignaient encore le recevoir.

Il s'était introduit chez le curé de Saint-Séverin qu'il avait choisi pour confesseur, parce qu'il le savait très charitable.

Il pensait que ce brave prêtre lui offrirait plus souvent le couvert que l'absolution.

A la suite d'une affaire louche dont je n'ai pas connu le fin mot, Roland de Tersac fut mis à la Bastille.

Quand on lui ouvrit les portes de la prison d'Etat ses cheveux avaient blanchi.

Il fallait donc renoncer désormais à réussir auprès du beau sexe.

Avec la philosophie qui faisait le fond de son caractère il se résigna et se fit engager dans une troupe de comédiens qui avaient un certain succès dans les foires de Paris.

La troupe dont faisait partie le pauvre diable jouait des œuvres de Piron, et quand celles-ci ne prenaient pas, elle se livrait à d'autres exercices.

Le patron de Roland s'appelait Bourdegoux. Il était le Molière de ces tréteaux.

Il composait les pièces, en ayant soin de ne faire qu'un seul rôle qu'il remplissait avec une superbe inouïe.

De Tersac était chargé de faire défiler les écriteaux annonçant aux badauds le spectacle qu'on allait jouer.

Quelle chute pour l'ancien amant de la femme d'un trésorier du roi !

Bien qu'il fut usé par les privations et par une longue captivité, il se vengea du « directeur » qui avait ridiculisé sa vie.

Le Gascon avait séduit par le récit de ses aventures, la fille de Bourdegoux.

Quoiqu'il eut vingt ans de plus qu'elle, il l'intéressa à son sort et, un beau jour, on s'aperçut au commencement d'une représentation, que Mlle Nicole, la jolie fille du directeur, et Roland de Tersac s'étaient envolés.

Ils étaient allés opérer eux-mêmes aux fêtes champêtres de Neuilly.

Ils y jouèrent tous les deux des œuvres assez spirituelles, mais ils ne vécurent pas longtemps ensemble.

Mlle Nicole, ayant trouvé Roland un peu mûr,

accepta la protection d'un conseiller au Parlement qui allait se consoler dans les fêtes de la banlieue de l'austère besogne à laquelle il était voué.

Après avoir trahi tant de maîtresses, Roland fut lâché à son tour.

Le dénouement de sa dernière amourette l'avait vieilli de plus de dix ans et bientôt il se trouva réduit à demander son pain à des saltimbanques.

De l'Opéra-Comique il était tombé dans l'acrobatie, non pas comme exécutant, mais comme pître.

Descendre des croisades et tous les soirs se creuser la cervelle pour trouver un nouveau boniment, c'était raide.

Eh bien ! dans ces tristes circonstances, il montra encore que la verve d'un Gascon est intarissable.

Il s'éleva au-dessus de sa situation et, quand les pauvres gens dont il était la vivante réclame, se transportèrent l'année suivante à la foire Saint-Laurent, il rendit presque célèbre leur modeste baraque.

Roland de Tersac était chargé d'annoncer deux sortes d'artistes, des lutteurs et des diseuses de bonne aventure.

On a retenu un de ces boniments mémorables avec lesquels il forçait l'attention du public.

Le voici, pour vous et pour la postérité :

« Bourgeois de Paris, disait le Gascon avec une voie tonitruante et des gestes d'une indéfinissable majesté vous ne vous doutez pas des sublimes émotions qui vous attendent derrière cette toile.

« Et d'abord, vous allez voir les rois du muscle,

ceux dont la force rend Dieu jaloux dans les profondeurs de son paradis bleu.

« Ce sont, en droite ligne, les successeurs des athlètes de Rome, des gladiateurs qui triomphaient des tigres et des lions.

« Ils sont faits au moule, ce qui vous donnera une idée de leur parfaite beauté, lorsque vous voudrez continuer votre intéressante famille.

« Songez que vous allez avoir sous les yeux les plus beaux spécimens de l'espèce humaine, les derniers descendants de l'Hercule Farnèse, les géants de l'époque, les Titans du siècle.

« Ce n'est pas fini.

« Quand vous aurez assisté à nos luttes olympiques, vos femmes, bourgeois de Paris, trouveront chez nous les descendantes de la Sybille, les prophétesses recrutées à grand prix aux pays fabuleux de l'Orient.

« Elles diront à celles qui vous sont chères tous les secrets de l'avenir, secrets d'autant plus agréables à entendre que les pythonisses dont j'ai l'honneur d'être le héraut ont le don de détourner tous les malheurs de la vie de ceux ou de celles qui les consultent !

« Et tout cela, non pas pour une livre, non pas pour une demi-livre, tout cela pour trois sols, pour trois sols.

« Il ne faudrait pas les avoir ! »

Cette éloquente invocation a été beaucoup imitée depuis, mais c'est Roland de Tersac qui l'a lancée le premier, avec une voix de stentor.

Malheureusement, entre deux représentations, pour se donner du cœur, le vieux cadet de Gascogne buvait.

Un jour, de ses tréteaux, il tomba sur un rôtisseur, qui tomba sur un apprenti, qui tomba à son tour sur un tout petit enfant, lequel fut tué.

Le pauvre pitre disparut derrière la toile, entra dans une roulotte, maison ambulante des saltimbanques, et il se pendit.

Il ne voulait pas revenir à la Bastille.

Quand le colonel eut raconté cette histoire, dont les débuts avaient fait rougir Mme de Lascours, François de Montastruc s'écria :

— Les voilà bien, les Gascons ! Tout est amusant chez eux ; chez nous, tout est sérieux, les sentiments, les duels et l'amour.

Mme de Lascours se demanda si le jeune écervelé n'allait pas se trahir, mais il reprit avec une désinvolture déconcertante :

— Ainsi, tenez, mon colonel, je vous aime pour la vie. Le Gascon est ingrat, le Languedocien est reconnaissant. Et puis, nous sommes tenaces. Quand nous voulons quelque chose, c'est pour tout de bon. Moi, ajouta-t-il en regardant sa bien-aimée, moi je veux... arriver à mon but, et j'y arriverai, le roi dût-il se mettre au travers du chemin.

M. de Lascours, qui croyait fermement que le but de son jeune lieutenant était de commander plus tard un régiment, écoutait avec plaisir l'écho de ces illusions de jeunesse et sa femme, qui connaissait le sens de cette déclaration, s'écria :

LA MARQUISE
BAISSAIT LES
YEUX

— Il y arrivera, le petit comte ? Ce que c'est, pourtant, que la volonté !

L'heure du départ avançait. Enfin, le colonel se leva.

Comme Mme de Lascours tendait la main à François de Montastruc, il lui glissa un petit billet avec une surprenante audace. Son émotion fut grande mais, tout entier à ses espérances, le colonel n'avait rien vu.

La soirée s'était prolongée, et Mme de Lascours, qui prétendit avoir un peu de migraine, demanda la permission de se retirer dans sa chambre.

— Allez, Madame répondit doucement le colonel, mais vous me permettrez de venir bientôt m'assurer si vous souffrez encore.

— Mon mal n'est pas sérieux, Monsieur. Apprêtez-vous à me conter une autre histoire de Gascon et je serai certainement guérie.

M. de Lascours jubilait.

Sa femme gagna ses appartements et, dès qu'elle fut en sûreté, elle lut avidement le billet doux de François de Montastruc.

Il lui disait :

« Que puis-je faire si vous ne venez à mon secours ? »

Et c'était tout.

Evidemment, les deux amoureux n'avaient qu'un problème à résoudre, se réunir sans courir aucun danger.

Pourtant, la jeune femme était un peu blessée de

ne pas recevoir de brûlants aveux. Mais, dans cette seule ligne, n'y avait-il pas toute l'angoisse de l'attente ?

Une demi-heure ne s'était pas encore écoulée quand M. de Lascours frappa doucement à la porte.

— Entrez, dit-elle, entrez, Monsieur le docteur.

Le colonel fut ravi de l'invite. Sa femme devait être encore un peu souffrante et elle comptait sur lui pour la soulager entièrement.

Il s'approcha, timide et respectueux.

— Eh bien ! dit-il, cette maudite migraine est-elle passée. Donnez-moi la main, Madame, je veux tâter le pouls.

Il détacha le bras le plus finement potelé du monde et il le porta à ses lèvres.

— Ce n'est pas ainsi qu'on tâte le pouls, Monsieur. Avouez-moi franchement que vous n'êtes pas venu pour cela ?

— Vous ne me gronderez pas, Madame ?

Mme de Lascours affirma le contraire par un délicieux sourire.

Le mari radieux expliqua longtemps le motif de sa visite et toutes ses explications furent reçues avec une bienveillance imprévue.

Il rentra chez lui après avoir sollicité la promesse de guérir par le même procédé toutes les futures migraines.

En lui répondant : « Oui, oui, Monsieur », la jeune femme se pelotonnait au fond du lit pour songer au moyen qui devait venir au secours de son cher petit comte.

Shakespeare les connaissait bien celles dont il a dit qu'elles étaient « perfides comme l'onde ».

François de Montastruc n'était jamais venu tout seul à l'Hôtel de Lascours.

Etant donnée la réputation de celle qu'il aimait tant et qui lui rendait tout cet amour, s'il y avait paru à la dérobée, c'en était fait de leur espoir.

C'est le mari, ô fatalité ! qui devait trouver la solution du problème.

Une fois encore, accueilli par Mme de Lascours en qualité de médecin de nuit, le colonel ne doutait plus de rien.

Elle s'était montré si reconnaissante de ses soins qu'il avait déjà l'orgueil de supposer qu'il était impossible qu'il lui restât quelque gratitude pour les autres docteurs.

Sous le coup de cette illusion, il s'était proposé d'aller passer quelques jours au château d'Oléon où il avait passé jadis les heures ineffables de la lune de miel.

Ayant reconquis un amour qu'il croyait à jamais perdu, il voulait le ramener au doux nid qui l'avait abrité.

C'est la vraie poésie, celle qui prend sa source dans le cœur, qui inspirait au colonel cette idée si touchante.

Mme de Lascours donna son assentiment avec une grâce charmante.

Une idée subite lui était venue dont elle tirerait sûrement profit pour satisfaire enfin les désirs qui, depuis quelque temps, troublaient si violemment son cœur.

D'un commun accord, le départ fut fixé au jeudi suivant.

La veille, François de Montastruc vint présenter ses hommages. Il se savait autorisé à arriver à l'heure du dîner parce que M. de Lascours ne rentrait chez lui que pour se mettre à table.

Le jeune comte était attendu. Il n'était pas encore assis qu'il avait appris de sa bien-aimée que les temps étaient proches.

Il recevrait incessamment une lettre qui lui donnerait les instructions les plus précises.

— Plus un mot ! ajouta Mme de Lascours, mais bon courage, je suis au gouvernail !

Le colonel fit son entrée : on ne reconnaissait plus le gentilhomme d'autrefois, taciturne, pensif, et toujours courbé sous le poids des plus amers souvenirs.

Quelques consultations, richement payées, l'avaient véritablement rajeuni.

On causait de choses et d'autres, lorsqu'il s'adressa à François de Montastruc :

— Lieutenant, dit-il, j'ai quelques ordres à vous donner. Nous partons demain. Lundi, vous irez à une heure trouver le major du régiment, M. d'Aubernon. Il est prévenu. Il vous remettra tous les plis et toutes les communications écrites qui pourraient m'intéresser et vous me les apporterez au château d'Oléon. Trois heures de cheval, même en lambinant un peu. Vers quatre heures, si nous écoutons bien, nous entendrons le pas de votre cheval. Est-ce compris ?

— Oui, mon colonel !

— Vous demanderez deux jours de congé au major. M. d'Aubernon sera enchanté de vous les accorder. J'ai beaucoup de gibier : nous verrons si vous êtes aussi bon tireur que bon cavalier. Est-ce entendu ?

— Oui, mon colonel.

Mme de Lascours écoutait avec ravissement cette conversation toute militaire.

Le surlendemain, vendredi, François de Montastruc recevait chez lui la visite d'une vieille femme qui vendait du fil et des aiguilles. Elle avait insisté pour le voir et le soldat qui soignait les chevaux du lieutenant et qui brossait son uniforme avait beaucoup hésité avant de l'introduire.

Quand le jeune comte eut aperçu la corbeille qui contenait la marchandise de la mercière ambulante, il lui dit en riant :

— Est-ce que vous me prendriez pour un tailleur ?

— Non monsieur, mais vous êtes bien monsieur le comte de Montastruc ?

— Parfaitement ! De quoi s'agit-il ?

— J'ai une lettre à vous remettre : la voici !

Le lieutenant donna quelques pièces de monnaie à cette étrange messagère qu'il aurait mieux accueillie s'il avait deviné qu'elle venait de la part de la femme de son colonel.

Voici ce que Madame de Lascours écrivait à son cher petit comte :

« Cher mien, arrangez-vous lundi pour arriver à trois heures et demie précises. Quand vous aurez atteint le village de Sérigny, demandez la Fontaine-aux-Belles qui se trouve sur la lisière de notre forêt. C'est là que débouche une longue avenue que vous prendrez pour vous rendre au château. Quand vous verrez une branche d'acacia au milieu de la route, vous descendrez de cheval et vous regarderez autour de vous. Si vous ne me voyez pas, à droite du chemin, c'est que je serai morte. Cher mien, le baiser de l'autre jour me brûle les lèvres. Est-ce compris? Est-ce entendu? »

Mme de Lascours terminait comme son mari l'exposé de ses instructions et François de Montastruc ne put s'empêcher de dire, comme s'il devait être entendu : « Oui, ma colonelle ! »

Le lundi, à une heure, le lieutenant se trouvait auprès de M. d'Aubernon, major du régiment des chevau-légers.

M. d'Aubernon appartenait à cette espèce de plus en plus rare d'officiers bourrus qui ne peuvent adresser un mot à un inférieur sans lui faire sentir le poids de leur autorité.

Tandis que le jeune lieutenant se tenait respectueusement debout devant lui, il affectait de relire une pièce quelconque, comme s'il voulait l'apprendre par cœur.

François de Montastruc bouillait d'impatience. Il ne connaissait pas la route à suivre et souvent les évaluations de distances sont très optimistes. Le quart

d'heure devient une heure et la demi-lieue une belle
et bonne lieue.

— Ah! c'est vous lieutenant? Vous êtes de Toulouse, je crois?

— Non, mon commandant, je suis d'Albi.

— D'Albi? pas possible !

— C'est comme ça, mon commandant.

— Et vous descendez, m'a-t-on dit, du maréchal de
Montastruc?

— Oui, mon commandant. J'ai son bâton chez moi.
Je vous le ferai voir une autre fois, si vous le permettez.

— Comment donc ! Tout de suite.

— Ah! pour ça, non !

— Vous êtes donc bien pressé de partir.

— Pas pour moi, mon commandant, mais pour le
colonel.

Le mot de « colonel » produisit son effet.

— Vous avez raison, lieutenant, ajouta le major.
Occupons-nous des ordres donnés.

Pendant plusieurs minutes, M. d'Aubernon ouvrit
et ferma des tiroirs, puis, d'un air d'avoir trouvé quelque chose, il dit solennellement:

— Lieutenant, dites au colonel qu'il n'y a rien pour
lui !

François de Montastruc salua le major. S'il s'était
écouté il l'aurait giffié.

Quelques instants après, le comte galopait vers le
château d'Oléon.

Il devait traverser Arcueil, Bourg-la-Reine, Orsay et Gif.

De là, il arrivait à Sérigny. Dans ce village il mit pied à terre devant la seule auberge qu'il aperçut, se désaltéra et demanda à l'hôtelier la direction qu'il fallait suivre pour se rendre à la Fontaine-aux-Belles.

Le patron du cabaret n'avait pas inventé la poudre.

Il montra au voyageur une haute colline et lui dit :

« Voyez-vous ce grand pommier? La fontaine est en face. S'il n'y avait pas la montagne, on la verrait d'ici. Mais voilà, il y a la montagne !

— Mais la route, où est la route la plus courte?

— C'est celle-ci, tout bonnement, Monsieur. Suivez-là toujours à droite car si vous alliez à gauche vous tourneriez le dos à la Fontaine-aux-Belles.

— Quelle heure est-il? Ma montre s'est arrêtée...

— Il doit bien être deux heures, trois heures peut-être.

Impatienté, le lieutenant monta à cheval mais il ne partit pas sans dire à son stupide indicateur :

« Au revoir, cabaretier de malheur, je n'ai jamais vu un homme plus bête que vous, et pourtant j'ai beaucoup voyagé. »

Il n'avait pas fallu un quart d'heure au jeune comte pour gagner la Fontaine-aux-Belles.

A un vieux garde-chasse qui était assis sur le bord il demanda encore l'heure qu'il était.

Cette fois, il fut plus heureux.

Le forestier tira sa montre, une belle montre d'or, et répondit aussitôt :

...PRIT L'ARME...

« Monseigneur, il est trois heures et dix minutes. »

Après l'avoir remercié du renseignement, François de Montastruc descendit de cheval. Pour mieux se conformer aux instructions reçues, il avait cru devoir s'arrêter quelques instants.

Le vieux garde l'examinait avec attention, mais il n'y prit garde car les paysans regardent comme une bête curieuse le premier passant venu.

« Mais, dit le forestier, c'est le nouvel officier du régiment de Monsieur de Lascours ! Que vient-il faire ici ? Si c'est par ordre de son colonel, pourquoi demande-t-il l'heure qu'il est avant de se rendre au château ? Il semble attendre, soit quelqu'un, soit un moment favorable. Il y a quelque chose là-dessous. Je verrai bien ! »

Et le garde-chasse s'enfonça dans les arbres.

François de Montastruc pensa qu'il continuait sa tournée. On ne pouvait guère faire une autre hypothèse.

Enfin, le lieutenant jugea qu'il était temps de s'engager dans l'allée.

Même au bout de dix minutes, après avoir pris le grand trot, il ne vit rien sur la route.

Enfin, il distingua, au milieu du chemin, la branche d'acacia annoncée.

Il eut à peine sauté à terre qu'une femme qu'il connaissait bien, la camériste de Mme de Lascours, sortit d'un fourré où elle se tenait cachée.

— On vous attend, Monsieur, dit-elle au lieutenant.

Attachez votre cheval à un arbre. Je reste près de lui pour donner l'alarme en cas de besoin.

Et la femme de chambre fit un geste pour indiquer la direction que le comte devait prendre.

Il n'était pas plus tôt engagé dans les broussailles qu'il vit Mme de Lascours assise sous un cornouiller trapu qui lui faisait une épaisse ombrelle de ses branches retombantes.

Elle se leva. Quelques secondes après, le jeune comte et sa belle amoureuse étaient dans les bras l'un de l'autre.

C'est tout près du cornouiller, où l'amant rêvé était si impatiemment attendu, que se trouvait la hutte des charbonniers où, l'on s'en souvient, Mme de Lascours s'était offerte au duc de Richelieu.

Mais c'était par simple orgueil de femme qu'elle avait comblé les vœux du don Juan du règne.

Cette fois, elle allait réaliser le rêve le plus ardent qui eût bouleversé son cœur.

Ivre de joie, elle entra dans la cabane.

Pendant que François de Montastruc couvrait de baisers la plus charmeuse et la plus désirable des maîtresses, un cri retentit dans la forêt, à cent cinquante pas de la hutte, tout au plus.

C'était la camériste de garde qui l'avait poussé, mais son émotion avait été telle qu'elle était tombée évanouie, près du cheval du lieutenant.

D'où venait tant de frayeur ?

M. de Lascours qu'elle avait vite reconnu, arrivait au galop.

Quand il eût reconnu la camériste de sa femme et la monture du lieutenant, une sueur froide inonda son visage.

Il avait mis pied à terre et visiblement atterré, il se sentait envahi par le plus horrible soupçon.

A ce moment, le garde-chasse qui se reposait au bord de la Fontaine-aux-Belles, quand un beau cavalier vint troubler sa solitude, franchit le fossé qui séparait le taillis de la route et apparut au colonel des chevau-légers.

Celui-ci, ne le reconnaissant pas, lui demanda s'il appartenait à la maison de Luynes.

Le garde fit un geste affirmatif.

— Avez-vous vu Madame de Lascours ?

Le garde étendit le bras dans la direction de la hutte.

Le prétendu forestier avait fait le muet : il ne voulait pas qu'on reconnût la voix du duc de Richelieu qui voulait se venger d'un rival.

Le colonel prit un pistolet dans les arceaux de sa selle et il franchit en courant la distance qui le séparait des deux coupables.

Sur le seuil de la cabane, il vit François de Montastruc, immobile et pâle, et il lui dit avec un accent terrible :

— Où est ma femme ?

Le cadet de Languedoc croisa les bras et répondit :

— Mon colonel, vous ne le saurez que quand je serai mort.

M. de Lascours avait compris.

— Un soldat n'assassine pas, Monsieur, mais voici de quoi vous faire justice.

Et il tendit le pistolet à l'indigne protégé qu'il avait choyé comme un fils.

Le comte de Montastruc prit l'arme et l'appuya sur sa tempe.

Il tomba foudroyé.

Ainsi se réalisa la prédiction de la bohémienne de Lagny.

Courbevoie. — Imp. E. BERNARD, 14, rue de la Station.

www.ingramcontent.com/pod-product-compliance
Ingram Content Group UK Ltd.
Pitfield, Milton Keynes, MK11 3LW, UK
UKHW022352090726
13658UKWH00002B/598